# みらいらん
# 1

CONTENTS

# 半券

嶋岡　晨

いつもわたしは人生の重荷とやらを
駅の手荷物預け所にあずけ
さて身軽に　出かけようとする
が　もう忘れている　行き先を
巣作りした木を忘れる小鳥のように

ときに記憶の番犬をつかまえ
棒っきれで撲るけれど
血へどを吐いてもやつは切れた尻尾を
振るだけだ　吠え方をすでに放棄して

さんざん巷をさ迷い歩き

やっと手荷物預け所にもどり
さて　れいの重荷をひき取るため
ポケットを裏返したり　探してみる
が　出てこない　呼べど叫べど
あの預け証の半券……

かってに預けたりしてはいけなかった
あの人生の重荷ってやつ
いや　あの小っぽけな紙っきれ
半券こそ
いわばわたし自身よりも重要なものだった
あれこそ
世界の無重力状態にただようわたしを
救ってくれる唯一の約束だったのだ。

# フィリリリ　フィリリリ

麻生直子

月の光で
軒下のドアーの鍵穴をさぐっていると
チリリリ　チリリリ　チリリリ
錫が鳴る

葉隠れの小枝にのぼって
いつからそこに潜んでいたの
お帰り　遅かったね　なんていまごろ
枕もとの錫を振るように
暗がりにわたしを佇ませる
チリリリ　チリリリ　チリリリ
フィリリリ　フィリリリ　フィリリリ

ひもじさのために
自分自身の脚を食べつくして
虫籠のなかで亡骸になった草ひばりを
八雲先生は憐れんだけれど
終生の恋歌を歌い続ける虫の哀れも
叱責される飼育係の女人も哀しい

五分の魂を響かせる草も虫も
蝦蟇も棲んだ
庭には物語が埋まっている

一夜限りの相聞だった
不意打ちの草ひばり
胸を焦がして
フィリリリ　フィリリリ　フィリリリ

# 五条川

甘楽順治

浅くながれるのもどうだろう
わたしと妻は
家を出た太一の居どころをおってきた
ながれながら
五十すぎの薄目をあけておってきたのだ
ゆるくしなった橋から見下ろすと
魚が浅瀬でつかえている
きっと
あのたましいはうすら馬鹿なのかもしれない
広い道にでて
いわくらの駅へむかった
（神明太一宮）
わたしらの子がまつられているわけではない
道教事典から名をつけた

その子はやがて
じぶんの氏名を洗われるままにしていく
浅くながれても
かまわない
川は骨のどこにでもある
桜にむせながら
となりの妻は不器用につかえていた
（ばかだな）
太一によく似たふとい鯉幟
妻もわたしも
洗われるまま
しずかな崩壊の音を立てている
でも魚だから
気ままな旅をしているようにしかみえない
浅くて
氏名がすこしうすい
そういうこの世の恨み方はどうだろう

# 虹

紫　圭子

わたくしというからだを
つかわせてもらっている
ほんとうのわたくしは
いつも
微粒子の囁きを虹みたいに架けたい
日々
生きてゆくからだにむかって
なかにいれてもらっているわたくしはささやく
（買い物帰りの空にかさなるように虹がふたつかかっていた
（虹は七色というけれどふたつとも一色足りないことに気がついた
（色はまんなかで混ざっているのだった

わたくしをあなたはどこまでもはこんでくれるので首をだす瞬間に
まんなかで混ざってしまうんだ、ね
（ののさまがナゾナゾをかけている
そとがわのわたくしはたいけんのあらしをくぐってあじわって
なかにいれてもらっているわたくしの垢をおとしてくれる
肉と骨と皮
わたくしというからだのあなた
手を洗っているとき
顔を洗っているとき
なかのわたくしは
そとのわたくしをなでている
いつか
ゆめみたいにわたくしが洗われる日を
わたくしもゆめみている
内がわからも
外がわからも
ぬけだして
まるごとのわたくし
虹になりたい
虹になって

地と血に引っかかって
天と点に引っかかって
また
虹というわたくしのなかにいれてもらって
へんげする
虹の皮の微粒子を染め破って
わたくしは
そとがわへとでてゆくわたくしをみている
まんなかで
うちがわへとでてゆくわたくしをみている
虹のなかの微粒子の水
水のからだのわたくしは
じっと光ってくるのをまっている
水あらしに洗われて
現れる日
きれいになって
ほんとうのわたくしは
つぎつぎにうまれたからだのなかでこだましあう
(ののさまのきもちをわかりたい
陽に染まって

天から地に血に引っかかった微粒子
生まれたばかりのわたくしがいて

つつしんで
わたくしのなかのわたくしは
耳を澄ます
〈虹がふたつかかっています〉
〈ひとつは濃い七色、ひとつは薄い七色〉
〈どっちにのってゆきますか〉

# 魄―はく　ばつ―魃

生野　毅

消すな消すな
女の親指　薬指　中指　人差し指の順に灯しているのだから
指紋のひとつひとつが　小さな　ちいさな黒煙となって蒼空に立ち昇ってゆく
女の指先だけが　幼女のまま
なおも親指　薬指　中指　人差し指の順にせわしなくうごめいている
宵闇の丈を測ろうとして　交互によく動く白いふくらはぎが
断崖を濃く包もうとするけはいの中に　何度も溶けていったのに

鍵盤に指紋を残してはいけない　と叱られていつも
ウエットティッシュで　自分の指の痕を消してゆくと

黒煙が　小さく　ちいさく　蒼空を汚してゆく

指先にまといついた糸を解きほぐしてゆくように
やがて指紋の渦巻がほぐれていって
蒼空のさまざまな皺や襞と　なってゆく

なって　ゆきますように

＊

ぬかるみがそよ　とはばたき　落ちてゆく送電線の　或る時　こむらかえり
集落の骨から骨へとすがりつき　戸口の瞳が濁るまで　或る時　こむらかえり
すがすがしく渇いて　地表ところどころの隆起は蒼ざめ　或る時　こむらかえり

＊

浚渫作業は明後日まで　葦を擬態するヨシゴイたちが　細く尖った嘴で中空を突いて
あまたのあなたをついばんでいる　泥の底　もっと凍ったあなたが抱かれているのに
一羽一羽濡れて風に抗い続ける　泥の底　杭が触れても　孔の一つ一つ息をしている

＊

あなたの大切なひとが戻ってくるまで私を描かせてあげる
寝冷えがくるぶしから爪先を囲いこみ　やがて胸元から両脇へ
這いまわる　そのさなかに聞いた　膝をやや崩しほつれている
ように見える髪を片方の手で撫で上げながら　大切なひと
そのひとのものであるはずの拳が脇腹にめりこんだまま
私は息絶えた　ふりをしていた　なぜ立ち去らぬなぜ髪をかき
あげる　お前の大切なひと　はおまえのまわりに　たく
さん這いつくばっているだろう　私の大切なひとも息絶え
たふり　をしていることだろう　なぜおまえは旅立ったの
に　いっそう生々しく硬くそこに在るのか　なぜおまえはおま
えの大切なひと　に描かせてあげないのか　私の大切なひ
と　はだいぶ前から冷え冷えとして　おまえが剝がれてゆ
くのを　おまえはなぜ　もう何日も前に

もう何日も前に
何日も
何日も
何日も

茎は　茎を

（連作の内）

# バスコダガマ橋

三尾みつ子

塔から斜めに張ったケーブルを
釣り糸のようにたわませ
夢の中で
バスコダガマ橋は
薄暮の空に浮かび上がる
湾曲した橋の向こうがかすむ

私の隣は春原《すのはら》さん
忘れられない苗字
長い脚の影がテージョ河に届く
靴音がしない
春原さんが消えそう
やっとの思いで

腕に触れると
バイオリンの音が流れ出す
チゴイネルワイゼンの最初のフレーズ
その激しい調べが橋をゆする
どこまでも歩いてゆきたい
まだ月は出ていない

バスコ・ダ・ガマ
バスコ・ダ・ガマ
口角を上げて
長い長いバスコダガマ橋を
夢中で渡る

★この作品を含む詩集『花式図』が十一月に洪水企画より刊行されました。

連載詩

# （月見草の、草の家で）

小島きみ子

（一）
川で遊んだ幼い日の夏。
私たちは二人だけの秘密の草の子どもを生んだ。あの子は今どうしているのだろう。
夏草の声の気配がする方へ。草茫茫の河川敷へ、彼の遺児を探しに。声の方へ。夜
道を月の明かりを、頼りに歩いて行く。

葡萄園の丘の家の下を流れる河川敷には、子どもの背丈ほどの月見草が群生してい
た。その草は茎がしっかりしていて、私と彼の家を作る草には適していた。だれも
この家に近づけないように、膝に届こうとする野柴を縛って幾つもの罠をしかけた。
草の家の周囲にはたくさんの落とし穴も掘って、萎れた草や砂をかけた。私たちは
（月見草の、草の家で）溶けかかった西瓜色のアイスバーを食べて笑いあった。彼
は盲腸の手術をしたあとだったので声を出さずに笑った。いつもゾロゾロついてく
る小さい女の子たちが居なかったので、私たちは落ち着いてアラビアンナイトの続
きを読むことができた。

母の新盆が来て丘の家に行った。

葡萄園は白葡萄がたわわに実って秋の豊穣を予測させていた。夜になると草の声の気配は、川の音に混ざって聞こえていた。心の中に顕れた声は、初めて彼と体が触れあったときのように温かった。その声は何も言わないのだが、月見草の家で生んだ子どものレモンイエローの顔が見えた。どうしても其処へ行かなくては、と思う。


堤防には、咲き終わった白い野薔薇が小さな赤い実をつけていた。

川砂の上で、棄てられた仔猫が掠れた声で鳴いていた。ススキの藪から白鷺が突然に飛び立って、月見草が生えている岩の上に舞い降りた。あの頃、川遊びに飽きたら、贋アカシアの林は午睡にぴったりだった。少女たちは、素足で家を抜け出て、水と遊び、草と戯れ、蜻蛉を追いかける途中で、少年の体にも昆虫を撫でるように触れた。


(月見草の、草の家で)アンデルセン童話を何冊も読んだ。

そのあとで、私たちは手を重ね合わせて草の子どもを生んだのだ。レモンイエローの丸顔の女の子だった。ツキコと名付けた。きょうは、彼の大切な遺児を探しに川を渡って目印の贋アカシアの木の下まで行こうと思う。大きな岩の下をくぐらなくてはならない。岩の下は、産卵間近のウグイが固まって泳いでいた。私たちも一緒に泳いだし、魚の息で鼻をつついて顔を覗きあった。遊び疲れた仔猫も、(月見草の、草の家で)眠るだろう。白い毛並みは獲物の血で染まり、秋にはしたたかな野良猫になっているはずだ。草の道を歩いて行く小さなふたりの影は此処へ戻ってくる。あなたも、棄てられた仔猫も、私の中の私に戻ってくる。ただ温かい声の気配がするほうへ、其処に、あなたの遺児が居る。

（二）
約束の日。

小さな村の教会の結婚式は幸福に充ちていました。明るく生きること。正直になること。正しい道を歩む。礼儀正しく生きる。他人を自分のように愛すること。思いと行いで清く生きること。それが本当の幸福につながるとすれば、それでいい。神父の声に従って復唱した。（幸福は、深く感じ、自由に考え、そして単純に喜ぶことからやってきます）

あなたに、子どもたちを見せてあげたい。

子どもたちは、レモンイエローの一本のリボンのように歩いてきます。あなたと私によく似た子どもたちです。空は灰色の鳥の羽毛で覆い尽くされていきます。先頭を歩く子どもが、訊きました。（パパなの？　ママなの？　）声は無く、ことばの音階が響いてくるばかりです。私とあなたは、双子のように二つの心を生きている。パパでありママである、あなたと私。其処では生命が有ってまだ生きているあなた。そしてあなたの遺児が居る夢の場所。

（月見草の、草の家で）あなたから届いていた旧い手紙を開封しました。

それはイグナチウス・ロヨラとフランシスコ・ザビエルの間の書簡の引用句でした。

《終わりのない究極的ないのちに至ったとき、われわれは安らぎ、見る。見て、愛する。愛して、たたえる》と。（聖アウグスティヌス）そして、ローマの街のジェズ教会にある、ザビエルの右手をwebで見ていました。ザビエルが、日本の鹿児島に着いたのは一五四九年の八月十五日のことでした。八月十五日はあなたの亡くなった日です。「祈りを忘れてはならない。心をこめて祈るならば、そのたびに新たな感情を覚え、新たな意味を見いだすだろう。そこから新たな勇気もわいてくる」と、言ったのはフョードル・ミハイロヴィチ・ドストエフスキーでした。

モーツァルト《レクイエム》「怒りの日」を聴く日。夏の夜には、（月見草の、草の家で）棄てられた白い仔猫も目を覚ます。第二次世界大戦の敗戦の銃弾に斃れた親族たちも、此の世へ帰還してくる。若い叔父は、川で遊び疲れると、私を膝に乗せて絵本を読んでくれる。尽きることの無い《愛》と《勇気》の草の声の方へと。草の声の方へと。

# 〈詩と音楽のあいだ〉をめぐって

対話の宴

野村喜和夫とアーティストたち①

# （詩人）野村喜和夫 × 篠田昌伸（作曲家）

&

ゲスト

# 四元康祐

（詩人）

構成＝池田康

**＊バックでブーレーズの「主なき槌」が流れている。**

**野村**　篠田さんは少壮の現代音楽の作曲家なんですが、ぼくから見て篠田さんの特異な点は、いろんな曲を作曲されているんですが、現代詩をベースにした曲がけっこう多いんです。そこが非常にユニークです。今日は詩と音楽の関係を巡って篠田さんにお聞きしながらトークを進めていきたいと思います。いまかかっている音楽はブーレーズの「ル・マルトー・サン・メートル」という声楽曲で、現代音楽の古典と言っていいと思いますが、なぜこれを流したかと言いますと、ぼくにとって詩と音楽というと真先に思いつくのがこのブーレーズの「ル・マルトー・サン・メートル」なんです。これはもともとはフランスの大詩人ルネ・シャールの詩集のタイトルで、ぼくもルネ・シャールについて研究したことがあるので、真先にこれが頭に浮かぶんです。それでイントロダクションとしてこの曲を流しました。「ル・マルトー・サン・メートル」というのは、日本語に訳すと「主のないハンマー」と言いますか、つまりハンマーが自分で自律的に動くという、いかにもシュルレアリスム的なタイトルです。そう、ルネ・シャールはシュルレアリスムから出発しています。それにインスパイヤされてブーレーズはこの曲を書いた。

さて、これから篠田さんと詩と音楽についていろいろ

篠田昌伸

野村喜和夫

と話していこうと思うんですが、なにはさておきぼくが篠田さんに聞きたいのは、どうしてここまで現代詩に向き合われているのかという非常に素朴な質問なんですけれども、その辺りのことから語っていただけませんか。

**篠田**　現代詩ということですが、野村さんの「街の衣のいちまい下の虹は蛇だ」をあるイベントで使わせていただいたのが、ぼくの中ではテキストを使った二曲目の作曲であって、一番最初は谷川俊太郎さんの「定義」でした。現代音楽を作る側から見て現代詩はあまり使われていないという状況を最初に「定義」を使った時点でも思っていまして、それが使われない理由もよくわかっていて、どういうことかと言うと、現代音楽に関しては作曲するということは音を作ることであって、詩がけっこう邪魔なんですね。ブーレーズの例もありますように、こういう詩を使ってこの意味だ、というのは聴く体験とは別次元で頭で理解して、それとまた音楽は別で、音楽を聴くときには音だけを聴いてほしいと作曲家は皆思っているんです。多くの曲は詩にインスパイヤされたと言ってもその詩を前面に出すのではなくてそれを自分の中で作り変えて作品化するというのが当り前で、そこまでしないと作曲ではないということだと思うんです。しかし「定義」という詩に音をつけてみたときに、おやっと思いまして、詩だけで十分面白いと自分で思ったことがあったんです。詩がそもそも音楽的。「定義」が音楽的かどうかわからないですが、あれは散文詩ですけど、読んで面白いというか聴いて面白いというか、わりと普通に面白いなと思った。むしろ現代音楽の状況にこれを入れることは逆に新しいんじゃないかと思って始めたんです。あえて詩を前面に出すことによって、自分を引っ込めるのではないですけど、自分で作り変えたものではなく、元の詩を活かして作る。それで詩をいろいろ読むようになりました。それからもずっと素材としてテキストを使うときは割と新しい詩を使うようにしています。もう十年ぐらい経つんですが、同じような人が全然現れてこない、ぼくの周りにいないですね。

**野村**　古典的な例ですけど、ドビュッシーがマラルメの「牧神の午後」に曲をつけたわけですけど、あれは純粋な器楽曲ですが、音の印象がマラルメの「牧神の午後」の雰囲気を濃厚に伝えるというだけで、全然別個のものですよね。そういうケースはかなりある。

**篠田**　それがむしろ正統かなと思います。

**野村**　ですからぼくらも「牧神の午後への前奏曲」を聴くときには純粋にその音楽を聴くわけで、ここがマラルメの詩のここを思わせるなんてことは考えない。それが一般的な例だとすると、篠田さんのケースはやはり非常に特異な、希有なものだと思うんです。普通の言葉で言うと、篠田さんは現代詩に「造詣が深い」。初めて篠田さんとお会いしたとき、それはぼくの詩に曲をつけて下さった二曲目「平安ステークス」の初演が山口県で行われたときだったのですが、帰りの電車の中で随分長くお話しすることができたんですが、そのときに篠田さんは群馬の前橋の出身であるということをおっしゃったんです。ぴんときた、これは朔太郎の縁だなと。群馬は詩人が生まれやすい国とか言われているんですよね。勝手に群馬が町おこしに使っているんですけど。しかし半分本気でいえば、おそらく朔太郎が発した詩の波動が篠田さんのところにも届いたと思うんです。

**篠田**　そういうことにしておいて下さい（笑）。

**野村**　篠田さんが選んで下さった作品、とくにぼくの作品に限って言いますと、とても変な、こんなの作曲に向くのかという変な詩が多いんです。これも篠田さんにお聞きしたいと思っていたんですが、普通に我々が合唱曲あるいは歌曲というイメージで考えると、そこに使われる詩の言葉はわりと分かりやすくて歌いやすくて一般受けのする、そういうテキストが多いと思うんです。日本の音楽のシーンではたとえば武満徹と谷川俊太郎、一柳慧と大岡信などのコラボレーションがありましたが、そういう場合に使われる谷川さんや大岡さんの詩は分かりやすいシンプルな詩が多い気がするんです。最近の例ですと和合亮一さんと新実徳英さんのコラボレーションとか、これも和合さんの詩は一般向けの非常に分かりやすい詩ですから、それに比べると篠田さんは圧倒的に変なテキストを選ばれてますよね。とくにぼくの「街の衣のいちまい下の虹は蛇だ」、今から十数年前に刊行した本なんですけど、これを読んでくれたある人が、「二十一世紀の奇書だね」と言ったんです。そのぐらい変な詩集なんですね。二番目に選んでくれた「平安ステークス」は競馬に取材した詩で、どう考えても変な詩なんです。しかもどちらも長い。長篇詩なんです。今度またぼくの詩を取り上げてくれて、その初演がなんとクリスマスイブにあるんですが、それも「この世の果ての代数学」という変な詩なんです。それから朝吹亮二さんの「opus」も難しい詩ですし、なぜそういう詩を選ばれるんですか。

**篠田**　書かなくてはいけない状況が毎回違うということもありますが、今回のは去年の詩集ですよね。野村さんの詩につけるのはけっこう久しぶりです。全部読んでいるわけではないですが、野村さんの詩集は長い詩の本と短い詩を集めた詩集を交互に出されている。長い詩の方につけていることになると思います。詩集自体で構成ができあがっている。その一パートである「この世の果ての代数学」を全部やることにした。ほかの部分の言葉も使われているので全体の「コンセプトアルバム」になっていると思います。音楽のコンセプチュアルな組曲にしやすいところがあるんです。こちらがコンセプトを作らなくても乗っかってしまって、というところがありまして。

**野村**　逆説的な意味かもしれませんがかえって作曲しやすいということがあるんですか。

**篠田**　そうなんです。大きな中のここはこんな感じというふうに、最初から組み上げて作る場合には野村さんのような詩がすごくやりやすい。

**野村**　それはとても光栄で嬉しいことなんですけど、そういう事情もあるんですね。それでは個別に時系列的に話をしましょうか。「街の衣のいちまい下の虹は蛇だ」が取り上げていただいた第一作ですので、まずそれからお話をうかがいたいと思いますが、まずぼくが朗読しましょうか。

街の、衣の、
いちまい、下の、
虹は、蛇だ、
街の、衣の、
いちまい、〈meta〉の、
虹は、蛇だ、
かすか、呼気、カーブして、
青く、呼気、カーブして、
わたくしは、葉に、揉まるる、
葉は、水に、揉まるる、
(以下略)

**＊ここで四元康祐さん登場**

**野村**　今日はサプライズを一つ用意していたんですが意外に早くそれをご披露することになりました。たった今ミュンヘンから四元康祐さんが来てくれました。

**四元**　どうも。ちょっと新宿で寄り道をしてしまいまして。

**野村**　篠田さんは四元さんの「言語ジャック」という摩訶不思議な作品にも作曲をされています。その再演も近くあります。そしてクリスマスイブの日にぼくの新しい曲が初演される。

四元康祐

**四元**　奇遇ですね。

**野村**　奇遇なんです。

**四元**　篠田さん、はじめまして。

**篠田**　はじめまして。びっくりしました。いらっしゃることを教えてくれなくて。

**野村**　サプライズのつもりだったので。

**四元**　この日のためにミュンヘンから馳せ参じました。

**野村**　初対面というのはびっくりしますね。

**四元**　そうね。作品とか資料とかたくさん送って下さいましたけど。お会いする機会がなくて。初演はいつでしたっけ。

**篠田**　今年の一月です。

**野村**　いろいろ四元さんの感想とかお話をうかがっていきたいと思うんですが、とりあえずこの「街の衣のいちまい下の虹は蛇だ」という曲をかけていただけますか。

**＊曲「街の衣のいちまい下の虹は蛇だ」の冒頭五分ほどを流す**

**野村**　いまお聴きいただきましたが、いかがでしたか。

**篠田**　懐かしいですね。詩集のページを見る目の感じをそのまま音にしたのかなという気がしないでもない。

**野村**　ただですね、これはぼくの素人の素朴な感想なんですが、詩を書いているときは紙もしくはパソコンの画面に向かって、二次元的なものに向き合って書いている、つまりあくまでもこれは平面の文字列というにすぎないんですが、篠田さんの作曲によって音が立ち上がってくると平面の文字列がにわかに立体化されて、多声、ポリフォニックな空間に化していって、原詩を書いた人間にとってはとても新鮮な経験をしたような、自分の詩が立体化されて聴こえてくる、オペラみたいにたくさんの複合的な声の集まりや流れとして響いてくる。とても書き手冥利につきると言いますか、二次元の人間が三次元の世界を与えられたみたいだと、そんな感想を持ちました。言い換えると、詩を書くというのはどこまでいっても未完の行為なんだという感じがしました。篠田さんに作曲していただいて次元が一つ上がったと言いますか、テクストの状態はいい意味でも悪い意味でも未完なんだと思いました。四元さんは自分の作曲された「言語ジャック」を聴いたときどんな感想を持ちましたか。

**四元**　今聴いたこれはすごくいいと思いました。「言語ジャック」も面白かったんだけれども、いまの演奏で喚いてうたっていた人は声楽の人じゃないでしょ。あの人はどういう人なんですか。

**野村**　巻上公一さんです。

**篠田**　この曲は横浜のみなとみらいホールの企画で作ったもので、声を主体にしたものを作って下さいということ以外に、「ヒカシュー」という、みなさんご存じかどうかわかりませんが、八〇年代にボイスパフォーマンスをやったグループですが……

**四元**　覚えている。

**篠田**　その巻上公一さんという人がいらっしゃって、それからプロのヴォックスマーナというアンサンブルがいて、それに加えて横浜市が巻上さんに教えを請いたい人を公募して集めたんですね。

**四元**　果敢に、ちょっと音楽がつきそうもないような過激な現代詩に曲をつけて下さる方はたくさんいて、いまおっしゃったようなポリフォニックなところとか肉体性とか良い部分があるんだけど、あえて苦言を呈すると、みんなうたっている人の人格がすごく真面目な感じがするんです。たしかに曲は多声的なんだけれど、詩人のいい加減さとか嫌らしさとかユーモアとかエロとか、そういうものがもっと歌い方そのものに入ってきてほしんです。今のはそれがソロ歌唱の部分にすごくあって、バックでうたっている人たちは真面目そうでしたが、そのコントラストがすごく面白かった。

**野村**　巻上さんが朗唱していた部分は、こんなことは言いにくいですけど、レイプされる女の語りの部分なんです。だからそれ自体エロなんですけど。

**四元**　そこのところを脱皮できたらと思ってしまうんですけどね。

**野村**　「言語ジャック」もエロとユーモアに満ちていま

すからね。

**四元**　ぼくの場合はユーモアと若干のエロでしょ。

**野村**　若干どころではないでしょう（笑）。

**四元**　ところがそういう言葉が曲になって、コンサートの初演の様子をビデオとかユーチューブとかで送っていただくと、みんな白いブラウスでそろえて優等生然としているのが、ちょっともどかしいんですよ。

**野村**　それはでも、難題かもしれませんね。

**四元**　現代詩の場合はジャンルを超越しているわけでしょ。なんでもありで、いわばどんな声の出し方をしてもいいわけじゃない？　篠田さんがやっている音楽だと基本的にはうたう人はきちんとしていなくちゃいけないの？　浪曲みたいな声の出し方をする人とか昔の矢野顕子みたいに鼻でうたう人とか、そういうのがあったらいいのかなあという気がする。

**篠田**　もちろん、そうですね。

**野村**　これはクラシックということになるから？

**篠田**　現代音楽というとどうしてもそういう形にはなるんです。コントロールできなくなるんで。

**四元**　後から入ってきてからんで恐縮ですけど、現代詩はジャンルを壊すとかジャンルを超越するとか、自分の領域を常に更新するということが最大のテーゼとして与えられている。ところがそれが現代音楽となると現代詩のほうから変なものを取り入れてはくるんだけれど、最終的な作品としては現代音楽というジャンルのなかにきっちりと収まっている、みたいな印象があるんです。

**野村**　それは否めないですね。今日冒頭でピエール・ブーレーズの「ル・マルトー・サン・メートル」を流したんですけど、それもそういう感じですし、それからぼくがちょっと違和感をもったのはイギリスのベンジャミン・ブリテンという二十世紀の作曲家がランボーの「イルミナシオン」に曲をつけたんですが、それもランボーのテクストをよく知って読んでいる者にとってはうまく言えないけどちょっと違和感があるんです。ランボーの混沌とした詩をきれいにまとめてしまっているようなところがある。仕方ないんでしょうけどね。

**四元**　実作者としてはどんな感じですか？　あえて自分に制約を課すことで創造性を刺戟するということがあるんですか？

**篠田**　現代詩が現代音楽よりも殻を破っているようには、そんなにはぼくには見えないんですけど。お互いに違うジャンルからはおとなしく見えるのかもしれません。現代音楽の中で実験的なことをやっていてもひょっとするとその中にいない人から見たらそれほど違わないと思われるのかなと、そういう感想をいまぼくは持ちました。

**四元**　なるほど。作曲のところじゃなくてむしろ歌唱法ですね、いまぼくが言ったのは。

**篠田昌伸**（しのだ・まさのぶ）
1976 年生まれ、99 年東京藝術大学音楽学部作曲科卒業、2001 年同大学院修士課程修了。これまでに作曲を尾高惇忠、土田英介、ピアノを播本枝未子、大畠ひとみの各氏に師事。
第 74 回日本音楽コンクール作曲部門第 1 位。第 9 回佐治敬三賞受賞。声楽作品においては、多くの現代詩を扱っており、野村喜和夫「街の衣のいちまい下の虹は蛇だ」、朝吹亮二「opus」、水無田気流「Z 境」、廿楽順治「さかなまち」、平田俊子「おもろい夫婦」、手塚敦史「おやすみの前の詩編」、四元康祐「言語ジャック」等をテキストとして作品を発表した。ピアニストとしても活躍。東京音楽大学、国立音楽大学、尚美ミュージックカレッジ、日本大学藝術学部非常勤講師。

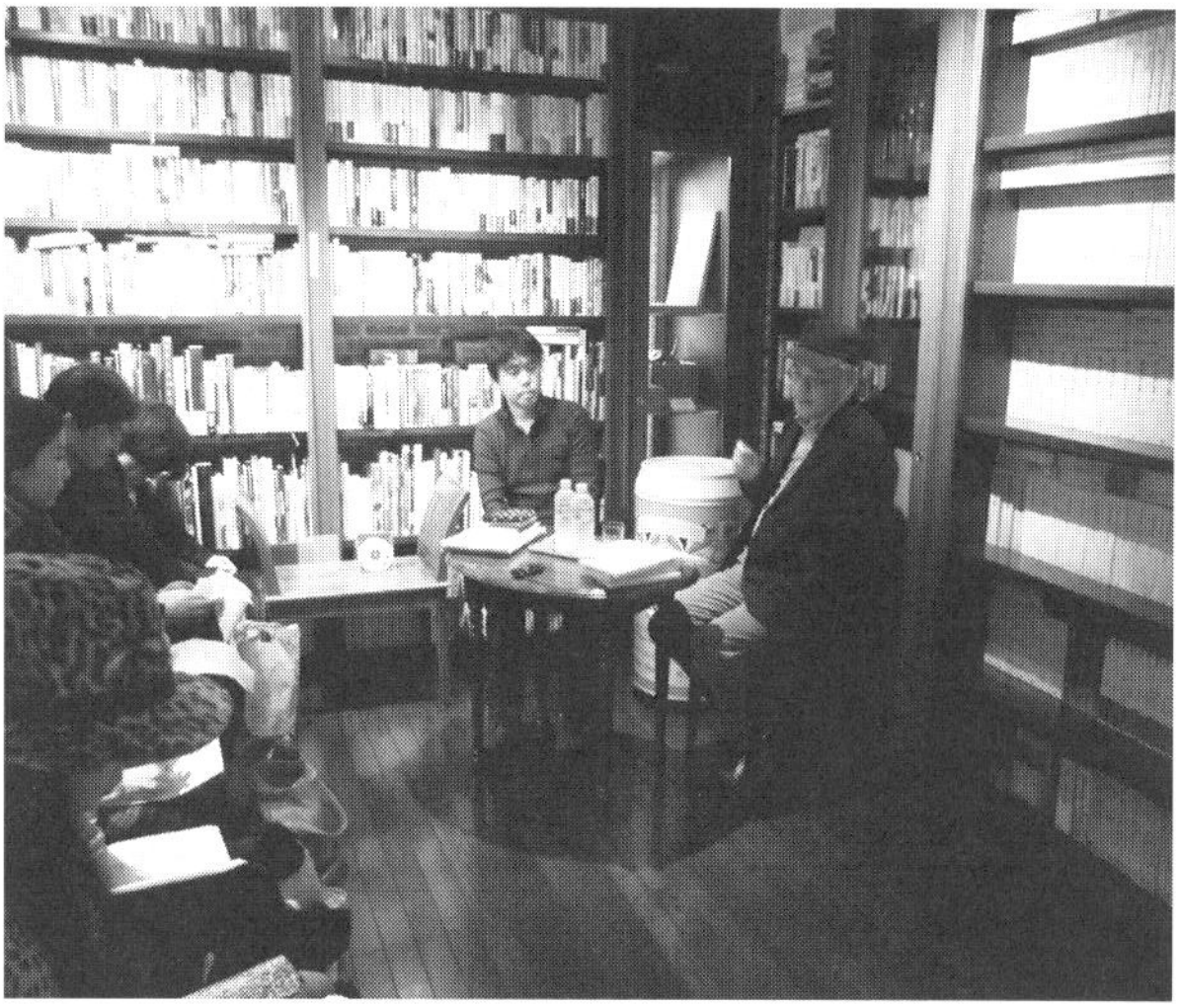

**篠田**　現代詩の人はみんな来歴がばらばらなんでしょうか。現代音楽はクラシックから派生したもので、そこにいる人は声楽家で、当然その声でうたいますね。
**四元**　でしょ。現代詩の場合はあえてそこで別の声の出し方を探していかないと成り立たないというところがあるから、声楽家に当たるようなものはないじゃないですか。昔はあったのかな、歴程とか。
**野村**　いやあ、ないでしょう。ぼくは演劇的な再現にも違和感を覚えるときがあるんです。俳優さんなんかが詩を読む場合もちょっと上手すぎるというんですか、芝居がかり過ぎるというか、現代詩の声はですからなかなか再現が難しい。それを突き詰めると自作詩朗読しかなくなってしまう。
**四元**　そうかもしれないですね。ちょっと話が飛びますが、風巻景次郎さんをご存じですか。戦前の国文学者で、中世文学をやっていて、野村さんがおっしゃったことと関連することを彼が言っていて、平安時代に漢詩が入ってくる前までの日本の詩は歌であったと。したがってそれは常に伴奏が伴い、何人かで和するということが和歌だった。文字は伴わなかった。そこに漢詩が入ってきて、漢詩と和歌という対立項ができるんだけれども、彼の眼目は、和歌自体がそこで変質するんだ、と。古今集のあたりから明らかに和する和歌ではなくなって一人の個人が、宴《うたげ》ではなくて孤心の中に入って、文字、当時出てきた平仮名を使って、内面の表白をするというふうに明らかに和歌自体が変質していく。だから万葉集でも初期の歌は五七五・七七ではなくて五七・五七・七と、歌の第一節、第二節、そしてクロージング、で書かれていた。ところが漢詩の個人の内面の表白という概念が入ってきたときから、それが五七五・七七に変わる。ぼくがそこに付け加えるとすれば、五七五・七七というのは個人の内面の中での対話なんですよね。ソネットみたいに五七五の部分であるテーゼが出されて、七七でそれに答えるというような。そういうふうに和歌自体が個人的な表白となり、表現方法も声から文字に変わってゆくと。現代詩はそこの一番端っこにいるわけじゃないですか。ところがそれが作曲されて歌われるとなると、ぐっとそこを溯って、和する、伴奏を伴う、個性が一回棚上げにされる、そう考えると、ぼくがいま文句を言っていた、みんな同じような歌い方をするというのも、むしろ当然なのかもしれない。だんだんそんな気がしてきました。

**野村**　なんとなくわかるような気もします。同時に、だからこそ我々は心のどこかでまだ古今集になる前の万葉とか記紀歌謡とかの、つまり古代的な、個とか内面とかそういうものが入り込まない時代の言語なり声なりに憧れるところがある。

**四元**　そうですね。

**野村**　そして現代詩の中にその憧れの部分が声として響くことが、少なくともぼくにとっては夢でもありますね。

**四元**　共同体に準拠してみんなといっしょに歌う欲望と、敢えてそれに抗って孤心のなかで自分だけの声を求める欲望の、そのふたつの間を行ったり来たりしている。篠田さんもそういう感覚はありますか。

**篠田**　そうですね。どの段階の話をすべきかわからないですけど、歌ばかり作っているわけではない、そもそもぼくは歌専門ではないし、そんなには作っていません。作るとすればという条件でいつも作っています。

**野村**　篠田さんがぼくの「街の衣のいちまい下の虹は蛇だ」を作曲するにあたってのノートの文章なんですが、もともとは声にあまり興味がなかったとおっしゃっていますね。「声楽曲を作る際注目したのは「テキスト」の存在である」とあって、ちょっと迂回するような感じで、あくまでもテクストを媒介にした声の発見であるという、これは篠田さんにとっては本質的なことなのではないでしょうか。さらに、声を殺すというとちょっと言いすぎかもしれませんが、「「声」よりも「言葉」に着目して」とか、非常にユニークで篠田さんらしいなと思ったんですけど、言葉に拘るのは詩人なんですけど、作曲家でも言葉に着目して声楽曲を作るというのは、難しいことではありますよね。

**篠田**　せっかく口を使うのだから、言葉をしゃべれるのだから、というところがあって。作曲家は音で意味を作っているんですが、音のことしか考えていない作曲家に言葉というイレギュラーなものを入れたらどうなるかというような気持ちがしたんです。

**野村**　それは多少ともぼくにとっては嬉しいことで、詩に対する、こう言ってよければ敬意がある。最初に聴いたブーレーズは詩にある意味全然敬意を持ってないんですよ。フランス語のネイティブでもルネ・シャールの詩は聴こえてこない。完全に楽器と化してしまっている音がするだけなんです。ブーレーズはかなり挑発的にそういうことをやっていたので、もしかしたらルネ・シャールは気を悪くしたんじゃないかなと思うほどです。そのくらい徹底して声のために言葉を殺してるんですね。それと逆のことをなさろうとしたという気がする。

**篠田**　そうです。そして全然自分の言葉ではないし、自分で詩を書こうとも思わない、書けるとも思えない、そういう意味では敬意があります。

**野村**　二番目の作品である「平安ステークス」、これは朗読すると長くなるのでしませんが、もう四半世紀前に出した詩集です。長篇詩と銘打っているんですけど、けっこう余白をたっぷりとってありまして、実質的な文字量はさほどではないんです。では聴いて下さい。

**＊音楽作品「平安ステークス」の冒頭部分五分ほどを流す**

**野村**　こんな感じで、これも全体で二十分ぐらいだったでしょうか。

**篠田**　そうですね。

**野村**　ずっと続いていくんですけど、作品的にはさっきの「街の衣」に比べると落ち着いた抒情的な作品なんです。平安ステークスという競馬のレースと平安遷都、長岡京から平安京に都を移すその人の流れとをダブルイメージで書いていった感じなんですけど、どちらかというと単一な流れ、テーマ的には二重なんですが書き方のトーンとしては単一に流れていく。いま聴いてみても「街の衣」に比べると落ち着いた感じがありますよね。単旋律ではないんですけどフーガっぽいところもありますか。

**篠田**　はい。そもそも企画が違ったので、普通の合唱団

> 平安ステークスへと向かう人の流れが、誰が呼びかけたのでもなく、かたちを成し始めていて、つまり水、人が水のように、街ふかくのひとつひとつの襞のあいだから滲み出し、ターミナル駅のほうに、少しずつ、少しずつ、少しずつ、集ってきていた。
>
> （「平安ステークス」より）

に書くということでして、より散文的なので、「街の衣」みたいにしゃべるだけでパフォーマンスになるような言葉ではなかった。それよりも全体の構成を見て、一頁に一行しかないとか、それがだんだん増えていったり減っていったり、散文的なところに共通する単語があって増えたり減ったりということを追っていきながら、全体を作っていくという感じにしていまして、何種類か、平安楽土へ向かうのと、現代のと、競馬の状況とが出てくるのを総合的に時間を追っていった感じですね。

**野村**　音楽は時間芸術ですけど、さきほどの「街の衣」は時間がカオス状態で、進行しているんだかしてないんだか判断がつきかねるようなそういう流れだったんですけど、これはまさに競馬そのままに、最後の直線にいくまではゆっくり流れていて、一頭を追って別の一頭、それを追ってまた別の一頭というイメージですが、ぼくの印象ですと篠田さんの曲の中にもフーガとして言葉が言葉を追っていくような感じが実に心地よく出ているなという感じがしました。

**篠田**　合唱曲としてこういう構成の曲はぼくは見たことがない。それもたぶんこの詩の構成に乗っかってできたらいいなと思ったんです。

**野村**　さっきからそこを強調されてますけれど、つまり構成や構造がくっきり浮かび上がるような作品に注目するということなんですが、篠田さんが選んだぼくの詩はいずれも実験的な作品なんですね。方法があって始まるみたいな作品なんです。自然発生的に言葉を列ねていくというのではなくて、まず最初に方法、コンセプトを決めて、それに沿って言葉のいろんな配列や組み合わせなどによって作品を構造化していくというところがありまして、それが篠田さんの作曲動機というか作曲衝動と結びついたのだろうと思う。作曲でも、とくに現代音楽の場合は構造を考えるんでしょうか。

**篠田**　作曲家にもよると思いますが、最初から枠を決めていくというのはシュトックハウゼンが一番わかりやすいですね。それで一週間を埋めようとしたオペラがありました。ですがそうではない人も半分ぐらいはいると思います。ぼくは中間ぐらいにいると思っているんですけど。本当に自分の音を追求してという人もいますし。そういう意味ではむしろなにか遠くから見ているような詩に、作品としては自分そのものから相対化して作品を遠くから見ている自分がいる感じをぼくはして。

**野村**　自分のテクスチャーに対して距離をとっているということですか。

**篠田**　わりとそういうところがぼくはあります。自分の体験でしか書けないとかそういうことはまったくなくて、自分と作品は、関係がないことはないですけどちょっと別でいたいというところがあります。

**野村**　そこは現代詩に似ているんでしょうね。主体と表

現内容が癒着してしまっている書き手も多いでしょうけど、ぼくのような場合はやはり作品とかなり距離をとっていますね。ある意味では突き放して作品を自立させる方向で書く場合が多いですから。それとさっきのノートの中にこうお書きになってますが、自分の作品に対してだけではなく詩に対しても微妙なスタンスをおとりになっているんですよね。非常に示唆的です。「詩と音楽が互いに「気を遣わない」関係である。つまり詩の意味内容に対して、音によって深く関わろうとはしない（必然性をつくらない）、かといって、敢えて詩と無関係であろうともしない、何か、詩と音楽が両立したまま同時に提出されるような状態にしたかった」。これが篠田さんの中で夢見られた詩と音楽の理想の関係性でしょうか。世の夫婦関係もかくありたいですけど。べったりじゃだめですね。

**篠田**　ここではこう書きましたけど、今はむしろどちらかというと、受け手が詩と音楽を両方受けてほしい。これは作り手側の気持ちなんですけど、音楽だけを聴くのではなく、詩だけを読むのではなく、両方で成立するようなものにしたいところがあります。

**野村**　それも嬉しいことですが、あとひとつ、うまく言えないですけど、詩と音楽とが、無媒介的にもたれ合わないで、ある種の「間」をつくるような関係、それが面白いのではないでしょうか。詩と音楽の関係だけではなくて、いろんな二つの物の関係に言えることなんだと思うんですけれども、音楽でもない詩でもない、間が生じるということ。それとは少しニュアンスがちがいますが、日本的な美意識の現れとしても「間」とか言うじゃないですか。距離が持っている美学と言いますか。学ばれたのは西洋音楽でしょうけれど、なにかしら日本的なことを意識することはありますか。

**篠田**　その流れだと、あまりないですかね。

**野村**　それはすでにやられてしまったということなんでしょうか。たとえば武満徹はかなり日本的な要素を取り入れましたよね。楽器とかリズムとか。

**篠田**　当時はいろんな作曲家がそういうことをやりました。ぼくは日本的なものにそれほど興味はないです。日本語には興味がありますけど。

**野村**　それはぼくもちょっと似てますね。日本語に興味あるし好きなんですけど、というか、母語として絶対的な存在なわけですけど、あえて日本的なものという言い方をしたくない場合が多いですね。下手するとナショナリズムになりますから。

**篠田**　日本的な詩というのはあるんですか。和歌とかですか。

**野村**　まあそうでしょうね。伝統的な和歌やそこから派生した俳句とか、そういうものを指すんでしょうけど。

**四元**　でも現代詩でも八割ぐらいはそうじゃないですか。抒情性とか情緒とか。語る私と語られている言葉が一致している。それが一致してないとどんどん構造的で、実験的になってきて、読者が少なくなる。

**野村**　それはジレンマですけどね。現代詩と現代音楽とは双子のように似たところがあっていずれも基本は西洋から輸入されたものに拠って立つというところなんですね。詩の場合はライバルと言っては変ですが、もう一つ、和歌、俳句があって、今は若い人はむしろ短歌にすごく流れが行っているんですね。たとえば早稲田大学ですと昔は早稲田詩人会があったんです。今はもうほとんどない。むしろ早稲田短歌会が隆盛を極めている。そういう時代なんですね。現代音楽にとっての和歌とか短歌とか俳句みたいなものはなんなんですか。

**篠田**　現代音楽は西洋楽器でやるし、西洋楽器と邦楽器はライバル視してませんから、ライバルはないと思います。ライバルと言われてびっくりしました。現代詩と短歌がライバルだとも思ってませんでしたし。

**野村**　ああ、もしかしたらぼくが思っているだけかもしれませんけど（笑）。

**篠田**　短歌にはスターみたいな方がいらっしゃるとかでしょうか。

**野村**　もちろん何人かスター的な人はいますね。発端は俵万智でしょうか。そのあと加藤治郎さんとか穂村弘さんとかが出て一気に口語短歌が広がっていった。その流れで若い人が今盛んに短歌を作っているんですけどね。やっぱり現代詩に比べるとかなり方法意識は少なくて済むんですよね。作りやすいし入りやすい。日常の一コマを瞬間的に切り取って提示できるというところが今の若い人の感性に合うのではないか。現代詩だと構成を考え語彙を選び、というふうにかなり方法的構築的なことをやらないといけないので、嫌われるんじゃないんですかね。そうですか、現代音楽にライバルはない。

**篠田**　むしろクラシック音楽ですか。そうすると日本のものではない。

**野村**　どこが分水嶺ですか、クラシックと現代音楽の。

**篠田**　どうですかねえ。現代音楽がいまちゃんと認識されているのか。言うのもなんとなく恥ずかしいところがある。

**野村**　そういう意味でも運命を共にしているような気もするんですよ、現代音楽と現代詩は。

**篠田**　現代音楽ですとブーレーズ以降というのがけっこうわかりやすくて、第二次大戦以前と以降、たぶんそこだと思います。

**野村**　そこですか。現代詩もそのあたりだと思うんです。具体的に聴く人口がぐっと減るのはどこからですか。シェーンベルクあたりからですか。

**篠田**　シェーンベルクは時代的に前の時代とかぶっているところがあるので、時代で言うと第二次世界大戦になってしまいます。

**野村**　日本の詩で言うと、戦後詩、荒地グループ以降ということになる。やはりがくっと読者人口が減りますね。好きな詩人を書いて下さいと学生に訊くと、圧倒的に多いのは中原中也なんですけど、ぼちぼち朔太郎とか宮沢賢治とかいるんですけど、戦後詩以降の詩人を書く人はまずいないです。谷川俊太郎が入るぐらいです。がくっと読む人口が減りますよね。ただこのあいだあるコンサートに行ったら、現代音楽とクラシックを同一プログラムに組み込んで演奏するスタイルが多いらしいんですね。シューベルトやクラシックとしてポピュラーなものを演奏して最後に現代音楽の作曲家の作品を演奏したりすると聴いてくれるみたいな。聴かざるを得ないといいますか（笑）。現代詩もそういう読ませ方はないですかねえ。中也はよく読まれるから、自分の朗読会でまず中也の詩を読んで、汚れつちまつた悲しみに……とか、いいなと思っているところに、突然、街の衣のいちまい下の……とやるとか（笑）。聴かせ方もあるかなあと思いますね。昔は三すくみと言われていたんですが、現代美術は村上隆が現れて以降ビジネス化しました。そのあとを追う必要はないんですけれども、四元さん、発信の仕方を変えるというのはないですかねえ。

**四元**　そこはけっこう矛盾をはらんでいますよね。今の篠田さんの話で、現代詩が俳句短歌をライバルというか、自分たちの存在理由を際立たせるための対立軸としてあるということの認識がないということはすごく新鮮で面白かったですね。そこは言葉と音楽では違うのかもしれない。基本的に現代詩は共同体に乗っかってはダメだという強烈な反省が明治維新のときにまず一つあって、近代化して個人というものが生まれ、自由民権運動をしなければいけない、恋愛をしなければいけない、自由を模索しようとしたし、それが第二次大戦のときに総崩れになってしまって、みんな短歌とか文語とか五七で戦争を賛美する詩を書いたという反省があったので、戦後になって共同体にあえて背を向けなければいけないという流れの延長で来たんじゃないですか。和してうたうんじゃなくて孤独にうたう。その中で個人の狭い枠に囚われずにそれなりになにか広がりを持とうとすると、後半になって野村さんがおっしゃった構造性に行くしかないんですよね。共同体的なものではなくて自分一人の構造体を企画して、そのなかに普遍的な要素がいろいろ入ってくることを画策するみたいな。音楽の世界にも、共同体に寄っかかって書くタイプと、それを遠ざけて書くタイプの現代音楽のあり方みたいなものがあるんじゃないかな。

**野村**　端的に言うと、日本的な題材を使うとか、そういう作曲家はいますからね。篠田さんがそういうことに関心がないとなると、ますます我々の方に近いということになりますね。

**四元**　ただそれだけでもちょっとさびしいですよね。もっとポップな、みんなが口ずさんでくれるみたいなのがあれば、現代詩の詩人はひたすら共同体に背を向けるんだけれども音楽家がちゃんとそこをカバーしてくれて、というわけにはいかないのかなあ。

**野村**　ねえ。それは夢ですね。

**四元**　今の話を聞いていると、そっちの方向に行く感じではないですね。

**野村**　難しいところですね。では、最後に今度の新作、ぼくの詩を合唱曲にした篠田さんの第三作目「この世の果ての代数学」のことにいきます。ちょっと説明してもらえますか。

**篠田**　例によってこういう人たちが演奏するという前提がありまして、まず女声コーラスという条件があった。女声だけでうたうというので女性詩も見てみたんですけど、やっぱり野村さんのところに戻ってきた。

**野村**　それも不思議ですね。

**篠田**　さっきエロとおっしゃってましたけど、遠くから見た感じの明るいエロがあると思うんです。女性がうたうということに関して、この詩は女性性がすごくテーマになっていると思うんです。女で始まり、胎児とか、母とか、花嫁とか、いっぱい出てきます。それが掛けられたり引かれたり勝手に「計算される」というのがちょっと面白そうだなと思いました。

**野村**　どこかリクエストしてもらえますか。ぼくが今ここで朗読しますので。

**篠田**　49ページがいいですね。代数学の14です。

誰かさんマタニティ
を奈落で割ったものと
地軸を臍の緒で割ったものが等しいとき
3倍の誰かさん
マタニティ
と2倍の地軸との和を

3倍の奈落と2倍の臍の緒との和で割ったものは
誰かさんマタニティ
を奈落で割ったものに等しい
なぜなら誰かさん
マタニティ
を奈落で割ったものおよび
地軸を臍の緒で割ったもの
を時の仮縫いとおくと
誰かさんマタニティ
は奈落と時の仮縫いとの積
であり地軸は臍の緒と時の仮縫いとの積である

（後略、詩集『よろこべ午後も脳だ』より）

**野村**　こんなのを曲にできるんでしょうか（笑）。時間になりましたので最後に結論めいたことをちょっと申し上げますと、篠田さんを招いていろいろ詩と音楽の関係、コラボレーションの可能性について話をしてきたんですが、いつもぼくが思うのはやっぱり古いかもしれませんが象徴主義の話です。ぼくなんかも象徴主義の末端の末端の末端ぐらいに位置しているんですけど、四元さんはちょっとニュアンスが違いますが、象徴主義とはなにかを定義した、有名な言葉があります。たしかマラルメをふまえてヴァレリーが言ったのだと思いますが、「象徴主義とは詩が音楽からその富を奪い返す試みである」。今の流れでいうと、篠田さんは多少とも詩の富をご自分の作曲に活かしている、方向は詩から音楽にいくんですけど、ぼくのような詩の書き手は同時にたえず音楽からなにか富を泥棒のように奪おうとしてますので、ライバルかもしれませんね。というのは、象徴主義は「奪い返す」と言っているんですね。つまりもともと詩が持っていた富。それをある時期から音楽に盗られてしまった。たぶんロマン主義以降のことだと思うんですけど。それをまた詩が奪い返してやるんだみたいな、けっこう挑発的な言葉でもある。音楽はなにが素晴しいかというと意味がないから素晴しいんですね。言葉はなにがだめかというと意味が付着してしまう。音楽からその富を奪い返すというのは言葉から意味を洗って剝き出しのなにかもっと本当に純粋音楽に近いような、裸の言葉になろうよということなんじゃないかと考えます。あるいは、朔太郎で締めましょうか。「詩は言葉の音楽である」と朔太郎は言っています。それともマラルメで締めましょうか。「類推の魔」という散文詩の冒頭にマラルメは書いています。「見知らぬ言葉が諸君の唇の上でも歌を歌ったことがあるか。意味をなさぬ呪文の呪われた断片が。」

（2017・11・4／詩とダンスのミュージアムにて）

# 反時代的ラブソング（二〇一一〜二〇一六）

## 1

伊武トーマ

### 二〇一一年三月一一日〜一二日　（震災当日／FUKUSHIMA前夜）

おれは職場でパソコンに向かっていた。


大きな揺れがしばらく続いた。

どれが本震でどれが余震であったかはすべて落ち着いた後のことで、治まったかと思うとまた途切れることなく揺れが押し寄せた。最初の揺れから一〇分、二〇分……かつて経験したことのない異様な事態が生起しているのをただ目の当たりにしているだけだった。

大きな揺れの直後からおれは施設を利用する人々の避難に当たっていたが、人々を誘導して外へ出てみると電柱はメーターの針のように大きく振れ、電線は重力が断ち切られたかの如く波打ち、近隣住宅の窓ガラスはビニールシートのように歪んで割れ、壁も瓦もみるみる崩れ落ちて行った。


二時間もしないうち施設は近隣住民の指定避難所となり、市の緊急対策本部から派遣された若い市職員二人が駐在するようになった。

陽は傾き冷たい雨が雪に変わる。電気の供給は止まり、辺りは暗くなる一方だったが、大きな揺れが治まる気配は一向になかった。

未確認情報に翻弄されるまま右往左往する人びと。恐怖と混乱と全停電のなか、駆けつけた地元消防団によって臨時の自家用発電機が設置され、頼りない非常灯だけですっかり暗くなった午後六時過ぎ、施設が少し明るくなった。

着の身着のままの老若男女、老夫婦、幼子を毛布に包み抱きかかえる若い母親……ラジオの緊急放送に促され、避難所となった施設に次々と人がやって来る。しかし、平日のせいか二十代から五十代の働き盛りの人の姿をあまり見かけることはなかった。

市の緊急対策本部から非常食が運び込まれる。

滞ることなく避難者全員に行き渡るよう職員に指示を出し、おれも一緒にカンパンとペットボトルのミネラルウォーターを配って歩く。発電機を起動し数頭の照明が持ち込まれたわけだが、やはりすべてを照らせるわけでなく非常灯では暗い。通路の辻々に闇が塊となっておくびを垂れ始めている。

依然大きな余震は続き、不安と、恐怖と、焦燥と……さらに寒さも相俟って、人々は震えながら身を寄せ合っている。文句を言う人は誰もいない。言葉少なに身を寄せ合う影が蠢く静寂のなか、ロビーからホールへと人びとは溢れ返って行った。

暗闇に爪を立てるように固く抱き合う母子。手探りで互いを確認し、手と手を握り背中をさすり合う老人たち。まだ大きな揺れが続き、裸火は良くないとわかっていたが、怯える母子、震える老人たちの姿を見かねた若い男性職員が、蠢く影が闇に呑まれつつあるロビーや通路にロウソクを置き次々と火を灯して行った。

暗闇にひとりひとりの顔が浮かび上がる。

ロウソクの火は風もないのにその身をたわめ、打ち震える人々の瞳に小さな光が揺らめく……ほんのわずかだが、希望の火が灯されたようであった。不安と恐怖、凍えるような寒さが一瞬払拭されたようであった。

それも束の間、非常灯を点灯させていた備付けの非常用発電装置の燃料が、あと僅かであるとの報告が入る。「もってあと3時間です、消防団が設置したホールの自家発の照明器具以外、館内すべての非常灯は消え、午後一〇時前には真っ暗になってしまいます」とのことで、緊急対策本部から派遣された市職員に状況説明する。

同じ頃未確認ながら、地域をまわっている消防団員から、「国道を挟んだすぐ先の福島競馬場と、その周辺地域はまだ電気が通じています」との情報も入り、それも市職員に伝え、対策本部に今後の対応についてベストな判断を促すようお願いした。

予想より少し遅い午後一〇時過ぎ。

ついに燃料が切れ、非常灯が消えた。

あと二時間弱で日付けも変わるが、避難の人びとは途切れることなくやって来ている。まるで嘔吐を繰り返すように大きな余震は続き、辺りは混乱を極めていたが、時間が経つに連れ周辺の状況が少しずつ明らかになって行った。

「すぐ東の国道四号線の信号はすべて消え、道路に車を投げ出したまま、人びとは福島競馬場に避難している」「競馬場は電気が通じ、水のストックもある」等々……このまま人びとがここにいれば、ぐんぐん気温が下がる一方の状況下、沢山の老若男女や幼子たちがカンパン一袋とペットボトルの水一本、寒さに打ち震え、押し黙ったまま暗闇で身を寄せ合い、夜を明かさねばならない。電気が通じ、水があるという福島競馬場まではここから約五百メートル弱、老人でも子供でも歩いて行けない距離ではないが……


大きな揺れは治まる気配はなかった。

真っ暗で足元もおぼつかず、どこが瓦礫で塞がれているのか、どこがいまにも崩れそうなのかもわからない。それに、これからどんな大きな余震が来るやも知れない状況下で、信号が停止し、車が投げ出されたままの国道を横切り、――パニックの連鎖が、更なる負の連鎖を呼び込みかねない一触即発の集団を率い、真っ暗闇のなか、手探りで誘導して歩くのは甚だ危険なことだろう……けれど、憔悴する一方の人びとの姿を目の当たりにしていると、やはり電気と水に勝るものはないと判断し、「競馬場の状況を確認の上、この施設の避難者全員を競馬場に移送するかどうか早急に検討、判断願いたい。」駐在の市職員に災害対策本部と再度連絡を取るよう要請した。


それから一時間も経たないうち市の災害対策本部から、「避難所として弊施設は、午前零時をもってとり合えず閉鎖。避難者全員、速やかに福島競馬場へ移送願います」との指示が出された。

移送のため駆けつけた消防団員、地元選出の市会議員、市職員、同僚の施設職員たちが手分けして約二〇〇人の避難者を福島競馬場へ移送することとなった。おれは、施設の責任者として、誘導に当る消防団員、議員、市職員、同僚たちを並べ、「大きな余震が続いている。もっと大きな揺れが来るかも知れない。辺りは真っ暗でとても危険な状況だが、こんな状況だからこそ自身がパニックに陥ることなく、互いにしっかり声を掛け、冷静に避難誘導に当っていただきたい」と檄を飛ばした。


午後一一時過ぎ。

消防団員、市会議員、職員たちに率いられ、避難の人びとが次々福島競馬場へ向かうのを見送り、おれはひとり責任者として施設に残った。

取り残されている人がいないか——冷たい闇のなか、懐中電灯片手に施設を回って確認して歩いた。

辻々に灯されたロウソクの火を消しながら全員退避の確認は終わったが、まだここが避難所だと思ってやって来る人がいるかも知れないので、ふたたび一本のロウソクに火を灯し、ひとり正面玄関前に立っていた。

闇に浮かぶ
エントランスホールのドアのガラス
ガラスに映る顔
瞳に
ロウソクの火が揺らめく顔は、
まるで見たことのない自分の顔だった……

翌日。

午後三時五六分。

丸一日経っても大きな余震が続くなか、福島第一原子力発電所一号機の原子炉建屋が水素爆発し——誰も望んでいないのに福島は、世界中の人びとが知るＦＵＫＵＳＨＩＭＡとなった。

## 二〇一一年　月　日（瓦礫の街）

燃料が底を尽く。

丘の上のスーパーマーケット
棚から食料が消えた。
自給自足を始めようにも空には放射能が滞留し、
土は汚染され飲み水さえままならない。

まだ
沢山の人々が瓦礫の下にとり残されている。
けれど避難指示区域に助けは来ない。
中学生や高校生
年寄りも関係ない。
残った男たちは皆自力で瓦礫を片付ける。
食料も水もなく、
互いに声を掛けようにも声が出ない。

四六時中
ヘリコプターが飛んでいる。
気休めと体裁だけのモニタリングのヘリコプター
放射能を測定するためじゃなく、
内閣支持率を維持するために飛んでいる。

チビ、デブ、ヤセ、ハゲ、ブス、バカ、カス、デクノボウ……

誰もが一度はどれかと呼ばれ、
誰もがどんなに愛おしく、
誰もがどんなに美しく、
かけがえのないこの街で、
誰ひとりいなくていい者はいなかった。

傘もなく
雨に打たれ妊婦が海辺に立っている。
白い息はずませ、
突き出たお腹をさすりながら
遥か沖
漂う船をみつめている。

真夜中
体育館の片隅ですすり泣く声がする。
昼間はどんなに元気よく駆けまわっていても
突然孤児となってしまった子供たちは眠れず、
明けない夜に爪を立て声を殺して泣いている。

青いビニールシートの上
亡き夫の位牌に向かって老婆が手を合わせている。
「孫は東京の大学に行っていて無事だったけれど、
息子と嫁が行方不明」そう言って
配給のおにぎりは冷え切ったまま
しわくちゃな手を合わせている。

悲しみ、怒り、憎しみ、涙、祈り、沈黙……
誰もが心に傷を負い、
誰もが声にならない叫びを抱き、
誰もが眠れぬ夜を過ごす、
瓦礫に埋もれたこの街で、
誰ひとり感情を露わにする者はいない。

生徒は先生をバカにしていた。
先生も腫れものに触れるように生徒と接していた。
海辺の教習所の
流された車のなかから、
仮免許練習中だった生徒三人の遺体が引き揚げられた。
炊き出しをしている高校のグラウンドで、
生徒を失った先生と
クラスメイト失った生徒たちは、
どこへぶつけていいかわからない怒りを胸に
抱き合って泣いた。

泥まみれの犬がすりきれた影をひきずり
煙が立ち上る瓦礫の畝から畝をさまよい歩く。
尻尾を垂らし、
くんくん鼻を鳴らし、
ちぎれたリードをひきずり、
帰らぬ主人とその家族を探している。

差別がないはずの社会で差別があったことも、
いじめがないはずの学校でいじめがあったことも、
虐待がないはずの家で虐待があったことも、
すべては瓦礫の下に埋もれ、
もはや謝ることも赦しを乞うこともできない。

男、女、子供、老人、先生、生徒、犬……
自然の猛威によって日常はずたずたに引き裂かれ、
ある景色は崩れたコンクリートのように重く、
ある景色は剝き出しの鉄骨のように歪み、
ある景色は割れたガラスのように鋭く、
ある景色は折れた柱のようにのしかかり、
ある景色は流された衣服のようにまとわりつき、
ある景色は立ち上る煙のように目に沁み、
すべてがつなぎようのない断片となったここは、

瓦礫の街……

**二〇一一年　月　日（名もなき人びと）**

流された家。
屑鉄となった車。

打ち上げられた船。

瓦礫を押しやり道を開かなければならない。
向こう岸へと橋を架け直さなければならない。
陥没した道路を掘り、
水が噴き出す配水管を塞がなければならない。

倒れた柱を持ち上げ、
送電線をつなげなければならない。
水を運ばなければならない。
食糧も、
水と食糧を運ぶ燃料も運ばなければならない。
薬と毛布も、
暖をとるための燃料も運ばなければならない。

手を差し伸べなければならない。
水も食糧も灯りもない孤立した人びとに。
瓦礫に閉ざされ、
冷え切った闇のなかに手を差し伸べなければならない。

遺体を引き揚げなければならない。
流された家から、
屑鉄となった車から、
打ち上げられた船から、
瓦礫の下から、

遺体を引き揚げ家族の元へ返さなければならない。

この痛みを、
この悲しみを決して忘れてはならない。
瓦礫を押しやり道を開き橋を架け直し、
配水管を、
送電線を復旧させた名もなき人びとのことを。
水と食糧を、
薬と毛布と燃料を運んだ名もなき人びとのことを。

孤立した人びとに、
冷え切った闇のなかに、
手を差し伸べた名もなき人びとのことを。
流された家から、
屑鉄となった車から、
打ち上げられた船から、
瓦礫の下から遺体を引き揚げ、
家族の元へ返した名もなき人びとのことを。

ニュースにもならない。
テレビにも映らない。
物語の外で人であることの温もりをつないだ
ヒーローでもヒロインでもない、
名もなき人びとのことを決して忘れてはならない。

# interview
## 手に宿る思想

# 巖谷純介
ブックデザイナー

創造の方法論の中にひそむ思想を探るこのインタビューシリーズの第一弾として、洪水企画刊行の書籍や雑誌の装幀を数多く手がけていただいているデザイナーの巖谷純介さんに日々の仕事の内実と秘密についてお話をうかがった。

**――絵画を離れてデザインに携るようになった経緯をお聞かせ下さい。**

小学生のころから油絵を描いてきて、二十代に二回くらい個展をしたんです。案内状出すと、人々は優しいもので小学校のころの先生が何十年ぶりで訪ねて来てくれたりする。わたしでも個展会場に四、五百人が来てくれて、とてもありがたいなと思いました。

しかし、油絵画家には収入がないので子どもを集めて絵画教室の先生をし、一方で挿絵やイラストや装幀の仕事を細々と始めていました。あるとき「月刊文藝春秋」の目次カットの依頼がありました。その雑誌は当時何十万部も発行されていたので、印刷物のもつ「数の威力」みたいなものに気づいてしまった。出版物の仕事は、対象を意識する必要があり、ファインアートのように個人に内在する本質的な表現とは違います。だけど自分の描いた作品を、五百人が見に来てくれるより、ウン万人の目にさらされるほうがカタルシスがあるのではと、いわば「悪魔のささやき」が聞こえてしまった。それからは、まあ、喰っていくためにも出版界でお世話になるしかなかったのです。

**――デザインとはなんでしょうか。**

商業デザインとは、資本主義の申し子です。ファインアートとは違う。依頼されて創るものだから、ある種の「反応」ですよ。

落語家の大喜利で「謎掛け」っていうのがありますよね。客席からお題を頂戴して、たとえば「七夕とかけて何と解く、そのこころは……」っていう。デザインはソレなんです。スポンサーから与えられたお題を何と解くかがデザインです。そこで「七夕とかけて笹の葉っぱ」と解いたって、あまりウケませんよね。そこは、一見お題と離れている物で解いて、相手がその「こころ」に溜飲が下がれば、「お見事」と座布団一枚もらえるわけです。つまり、わたしの行うデザインとは出版社にお題をもらってどう解くかの「謎掛け」のようなものです。

わたしは人の手によって創られた作品の受け手としては、サブカルチャーに興味が無く、純粋アートだけ享受する鼻持ちならないスノビストですが、自分のデザインの仕事では、出来るかどうかわかりませんが、通俗を超えたキラッと輝く領域に飛翔したいと考えていますね。

デザイン業界に投入されている多くの才能は、スポンサーとのせめぎ合いを超えて、自らの研ぎ澄まされた感性を見事に発揮しています。例えば資本主義の申し子の最たるものであるコマーシャルフィルムにも、キラッと光るような非常に鋭いものもあるので、そういう分野にも謙虚に視野を広げて、社会の中でのデザインの位置を見定めようと考えています。

**――たしかに「デザイン」は、生活のあらゆる場所にありますよね。菓子の紙袋ひとつだってきれいにデザインされている。**

そう。わたしは常々、この世で人々の目に触れるすべての物は、ある程度の様式美と洗練をもってほしいと思っています。着るもの、住む家、食べるものも、さらに生活品にいたるまで、それを意識する気持ちは強くあります。それに反するモノを見ると「頼むからちゃんとした姿でいてよ……」と嘆いてしまいます。わたしは常に、頑な美意識と俗物性を行き来しているようなところがあります。

**――作業の進め方、インスピレーションの獲得法についてですが、巖谷さんの場合は本のデザインが主ですね。**

出版社から依頼される本や雑誌のデザインがほとんどです。ゲラは必ず読みます。テキストが一義ですから、一番大きい「お題」になります。それにどう反応するかということです。担当させてもらった貴社の詩集装幀でも、いろいろな「反応」をしてきたつもりです。ピタリはまったかどうかはわかりませんが。

**——本のタイトルが決まらないうちは装幀なんかできないと前におっしゃっていましたね。**

装幀は「文字ありき」なんです。言葉の意味合いは当然ですが、文字数、かなの有無などから、タイトルの書体や大きさや配置を決める。たとえば、先日貴社で装幀担当した『花式図』(三尾みつ子詩集)では、透明で理科的な肌触りがあるとてもいいタイトルだと感じました。それで植物の茎のような線の動きのある中国古文書の装飾文字を出典とする「金文体」という書体を使ってみました。

最初は著者名も同じ書体にしていたんだけど、著者がそれを好まず「明朝にしてほしい」と要望をいただきましたよね。でも明朝体ではタイトル書体と調和がとれないので細い丸ゴシックにさせてもらいました。

ともかく、タイトルは大事です。著者はタイトルを決めることで文字におけるデザイン行為をしているわけですから、別のタイトルに変わったら装幀も変わってくる。

貴社の『詩集・のれん』においても、著者が自作をどうとらえ、何を押し出したいかが簡潔なタイトルに込められているので、わたしはそれに「反応」したつもりです。

**——そして、巖谷さんの特徴として仕事が速いということがあります。**

昔仕事が少ない頃、月に一冊ぐらいしか仕事がないので時間をかけてやっていました。その後多忙になると、一冊にかけられる時間が取れなくなります。そうなると急いでいい加減に仕事をするかというと決してそうではなく、忙しいときほどデザイナーとして感覚が「切り立って」、複数の仕事のどれにも、深く明確に反応できるようになるのです。なので多忙なときのほうが、良い仕事をすると勝手に思い込んでいます。

仕事に時間をかけて突き詰めれば突き詰めるほど一見完成度が上がるようで、じつは「デザインの角が取れて」どんどん安全な表現になり、気づけば過去の自分のコピーになっていく、そういう悪循環は避けたいので、自らの瞬発力を信じるようにしています。熟考型でなくて瞬間的なインスピレーションに委ねるタイプなのです。

わたしが「仕事が早い」とは、その仕事に費やす時間が短いことだけでなく、その仕事を頂いたら「すぐにやる」ということなんです。例えばその仕事の所要時間が三日間だとして、その三日間を締切直前にとる人もいるだろうけど、わたしは注文をもらったらすぐ始める。「こういう内容の本だから、読者にこういうことを訴えるデザインにしてほしい……」など、出版社側が熱くいろいろ言ってくる、その瞬間のヴィヴィッドなやり取りが大事で、余計なものが入ってこないうちに即「反応」するわけです。だから出版社はわたしに「締切期日」を言う必要がない。「仕事が入ったらすぐにやる」の繰り返し。若いころからずっとそうです。打合せをした次の日にデザインラフを届けたこともありますから。

一方デザインの創り上げ方ですが、版下に設計図を描いてデザインしていたアナログ時代からMacで仕事をするようになって大いに変わりました。

昔は考えて考えてイメージを絞りこんで一つのデザインに収斂させていました。それがMacで仕事するようになってから変容しましたね。「これもあり」「あれもあり」「いや、こういう発想もあり得る」というふうに、可能性を拡散させて、数種類の違う発想のデザインを個別に定着するんです。

四、五案をスポンサーに提出して、あとは自由に選んでいただく。提出する数種類の各案は、それに至るまで「予選」を経て吟味されているわけですから、どの案も均等の説得力を持っているはずなので、どれを選んでもらってもOKなんです。自分から「これが一押し」などとは言いません。

ところで、打ち合わせ段階にスポンサーから「自由に大胆にデザインして下さい…」と言われることがよくあります。一方デザイナーは誰でも大胆で実験的なことをしたがるものですから、わたしが本気で大胆にやった案は、結果的にスポンサーに選ばれないことが多いです。多分、スポンサーが考える「大胆」を超えてしまうのでしょうね。

それもこれも「注文」に対して反応するのがデザインという仕事の宿命なのかも知れません。

**――それから巖谷さんは印刷所の色校正に対して文句を言ったり、うるさく修正指示を出す場合が少ない気がします。**

わたしはプレゼンおよび入稿段階で、最終的な仕上がりをかなり正確に見通して入稿データを作っているつもりなので、色校正での誤差は、デザイナーの「自己責任」の範囲と考えています。自分の目論みが多少はずれた色校正が出てもある程度は許容します。コストが生じる修正は申し訳ないですから。

あと、スポンサーに提出するプレゼンダミー作製においても、自らにかなりの精度を課しています。最終的な仕上がりを見通せるように、わたしは綿密に調節したレーザープリンターで本番使用する用紙に出力し、できるだけこれから仕上がる本とそっくりのダミーを提出します。

専門的な話になりますが、我々が目にする画像色彩は、デジカメだろうがスキャナーだろうがテレビだろうがモニターだろうが光学理論で色域の広いRGBなのですが、紙にプリントするオフセット印刷だけが唯一CMYKの世界です。CMYKはRGBに比べて「色域が狭い」分、仕上がりの発色が悪いのです。わたしは、その印刷の「負の特性」をしっかり視野に入れて、プレゼンダミーと本番の仕上がりとが極力「差がない」ように注視するわけです。

わたしとしては、色・形・材質など、総て完成されたデザインとしてプレゼンダミーを提出しているつもりなので、それ以降の修正は受け入れないことを申し入れます。数案の中からひとつの案を「コレ!」と決めてくれるようにお願いします。

**――Macのモニター上ではきれいに発色しているのに印刷してみるとくすんだ色になるということも我々の仕事ではよくありますが……**

前述したとおり、モニターは発色の良い透過光のRGB色調だからです。その色調を発色の良いまま印刷物に反映させることは不可能なわけですね。

それに関連して、印刷物のデザインをする現場で、十数年前から或る現象が生じています。

印刷する用紙のことです。印刷は原則白い紙にされるわけですが、従来は微妙なベージュ感やクリーム感のある温かみのある白い用紙が好まれてました。ところが十数年前から、製紙会社は普通の白よりもっともっと真っ白い紙を提供しようと、「ホワイト」より輝度の高い「ハイホワイト」とか「スーパーホワイト」を開発製造しています。

なぜかというと、デザイナーが要求するからです。なぜデザイナーがそれを要求するかというと、Macで仕事をしているからです。モニターは透過光で真白のレベルが鮮やかで色調も鮮やかです。今の若いデザイナーたちは、デザイナーになったときからモニター上でイメージを作っているので、「白はもっと白く」「色はもっと鮮やかに」と求めるわけです。

我々旧世代のデザイナーは、Macをつかわないアナログ時代から仕事をしているので、オフセット印刷の発色は悪くてもそこから感じられる温かみあるニュアンスを心得ているから、むしろ純白より温かい白地に落ち着いた色調の仕上がりを生かそうとします。なので、紙の印刷物において目指すところが世代によってもすこし違うのかもしれません。

**――フォントの重要性のこと。フォントの魅力、面白さを教えて下さい。**

日本語で「書く」と「掻く」と同じ読み。英語でも「書く＝script」と「掻く＝scratch」に類似性があり、英語のルーツに遡ると、もしかしたら派生が同じなのかもしれません。

「書く」と「掻く」の隣接は、そもそも人間が文字は掻いて、つまり石に文字を彫り込んだことにも起因しているような気がします。わたしは、そのことが文字の形状にも反映されたと推測しています。

中国漢時代に確立したといわれる漢字は、その後、明時代に美しい形を手に入れました。それが「明朝体」です。明朝体の特徴は、文字の縦棒より横棒が細いことですよね。西洋における「ローマン書体」もそうです。そのことは、垂直に立っている石の面に刻みつけ、凸凹だけで表記された文字を「読み取りやすくする」ことも理由の一つだったのでは。たとえば漢字の「日」、欧文の「E」を例にすれば、横棒が細いことで、上から注がれる太陽光線による凸凹の陰影が、より明瞭になることが想像できるはずです。それが時代を経て、東洋の筆の筆跡や西洋のペンによるカリグラフィの表情も加味され、さらに、より形の美しさや、読みやすさを追求した。その結果、今日のデザインや印刷現場の中核をなす「明朝体」「ローマン書体」になったのではないでしょうか。

そして、明時代の漢字ではそれほど差のなかった縦棒と横棒の「太さの比率」は、現代では、六対一程度が標準となっています。

**――本文はたいてい明朝体、一方装幀は多様な書体が使用されますが、書体の種類によって読み心地がかなりちがいますよね。**

アップル社がMacコンピュータを創出した当初、機種に標準搭載されていた書体が少なかったので、それまで活字や写植文字から書体を選んでいたデザイナーはMac導入を逡巡し、わたしもその一人でした。

例えば、活字、写植書体の秀英明朝体は、完成度が高く多くの装幀家がタイトル文字に多用していました。秀英舎は大日本印刷の前身で、当時の活字意匠家と活字職人の名工が創り上げたのでしょう、この書体は、力強さと優美さと諧謔性を持ちあわせ、まるで名優六代目菊五郎の所作のごとき表情豊かなものでした。わたし自身は、この書体を取り上げられたら「もう装幀なんて出来ない…」といっても過言でありません。

それで、Macの機能に感嘆して導入を検討したデザイナー達も、秀英明朝体だけでなく搭載書体が不満で二の足を踏んでいたわけです。

それらのデザイナーの不満は、時間と共に解決されてきました。昨今では、Macでも秀英明朝体の使用が可能になり、大変有り難いことです。

ともあれ、書体はデザイナーの表現の根幹であることは間違いないでしょう。

**——明朝でも漢字と平仮名を別フォントにして組み合わせることがありますよね。**

それは前述したとおり、明朝体が中国において漢字書体として派生したものだからです。

日本で創られた「かな文字」をそれに馴染ませることは、とても難しく、そして愉しいものです。

実験的な意味合いも含めて、漢字とかなの組み合せは、装幀行為の奥座敷にある醍醐味です。文字はデザイナーにとっては「絵」そのものなのです。

ちなみに、明朝体だけで百書体以上ありますが、デザイナーはぱっと見ただけである程度どの明朝体かわかります。明朝体は前述したとおり、表情の違う漢字と平仮名を融合させてフォントとして成立させていますが、セリフ（角や端の出張り）の付け方に差違があります。だから面白い。わたしは明朝体を「の」という字で見定めます。独断で言うと「の」が美しい形の書体は他の文字全部が良いんですよ。

**——コンピュータで「創る」ことの功罪について。**

いろいろ曲折を経て、わたしにとってMacコンピュータは、ほとんど「脳みそ」に近い存在になっています。

一方、石川九楊氏が「PCワープロで文章を書くようになってから文学が変わった」というような意味のことを書いていたと記憶しています。

手でペンを握って文字を書く行為においては、人は頭の中にある表現欲求を自分の言語体系・文字体系を駆使してストレートに原稿用紙に定着させている。一方ワープロで、例えば「雨が降る」と書こうとすると、「あめ」と打って変換したらお菓子の「飴」と出たとすると、その瞬間「あ、ちがう、これじゃない、天から降る雨だ」と「雨」を選択し直す。その余計な行為の合間に集中力が霧散して本来のイメージが変容し、結果的に文章に影響するのでは……と。

このことは、ビジュアルをMacに依存しているデザイナーにも、警鐘を与えているような気がします。

**——欧米の人たちはタイプライターだからダイレクトですけどね。**

そう。やっぱりアルファベットはたった二十六文字だから。日本人や中国人は漢字だけで一万五千文字あるので大変なんです。正確な考察をしたことはないけれど、コンピュータはアメリカで発達したのも、二十六文字であることも背景なのでは。

**——本とはなにか、本というオブジェの魅力について。**

わたしは紙をめくりながら本を読みたい「派」ですが、いまは電子ブックが出てきて、それで読書を身につけている方も多くいるわけです。

　わたしはそれに与しないけれど、読むということに関して言えば、青空文庫やキンドルで読んだって漱石は漱石なんですよ。紙に文字を刷って背を綴じた「紙の束」の本が唯一の本のようだけど、その本はあくまでも「メディア」ですからね。漱石の文学は、紙の上にあるのではなく、漱石の脳みそに存在する思索が本質であり、それを今までは紙の本というメディアに定着して読者に伝えて来たわけです。それが文学作品をデジタルデータ化して、液晶画面で読み取る「手で触れないメディア」に変容されたわけです。

　音楽もレコードからＣＤになり、さらに今ではメディアの実体はなく、アイコンをクリックするだけですよね。

　ところで、「紙の本」というモノにこだわるのは、高度な知的高揚をともなう精神性だと言いたいのだけれど、はたしてそれだけなのか、自らを検証してみましょう。

　わたし自身は「本」「ＣＤ」を作者（作曲家）の生年順に几帳面に棚に並べています。その背を眺めただけで、その作品と対峙した時の「想い」が蘇るコトを楽しんでいます。そういうことで充足するのは、半分は作品へのピュアな敬意のようなものですが、半分はマニアックな自己満足なのかもしれませんね。

　長い年月にわたり「紙の本」は人間に愛されて、造本や装幀の工芸的要素だけでも、あたかも美術品のごとく珍重されてきました。

　あと百年もしたら、手で持って手で紙をめくる本は、ほとんど電子ブックになって、残された「紙の本」は骨董品になるかもしれない、つまりわたしのやっている装幀という仕事はいわば絶滅危惧種ですね。

## ――出版が電子ブック化が主流になるという流れ。

　わたし自身にも、その流れに対する言いようのない嘆きがないわけではありません。実際問題、自分の生活が脅かされることにもなるわけですから。

　しかし、一方で「紙の本」が電子ブックに駆逐されることに戦々恐々とすることを戒める考え方もあるようです。

　そもそもBOOKというのは「聖書」のこと。中世まで、聖書は全て羊皮紙にペンで書き写して綴じて仕上げて大切に扱った。それが傷むと、改めて若い僧侶が書き写して新しい聖書を作成した。つまり聖書を作るということは写経と同じ「宗教行為」だったわけ。それが十五世紀半ばにグーテンベルクが印刷機を作ってしまった。印刷機の威力が一番発揮されたのがこの聖書です。つまり毎日毎日僧侶が書き写し何ヶ月かかかって作っていた一冊の聖書が、あっという間に何冊でもできてしまうわけ。かように、印刷機発明が宗教行為の一部を変容させてしまった、この「事件性」に比べたら、紙の本が電子ブックになることぐらい、歴史的には大したことではないという考え方もあります。

一方、装幀用紙のメーカーのダイニック社の社長に伺ったことですが、一部の工場では自社製品の強度を試す「耐久度テスト」で、製本済み書籍の表紙の開け閉めを三万回繰り返すそうです。何故、三万回も開け閉めする必要があるかと言うと、一生に三万回開く本がある、それが聖書なのですよ。信者は福音書を毎日読むから、一つの聖書を一生使うと三万回開けることになるのですね。普通の小説はせいぜい数十回開けるくらいだろうけど、本の耐久度は聖書を基準とする、つまり本＝BOOK（聖書）というのはここにも生きているわけですね。

**――CDよりもレコードのほうがデザインのやり甲斐があるとジャケットを作るデザイナーは言いますが、本も同じで大きいほうがやり甲斐がありますか？**

仕事に軽重はないので、やり甲斐という言い方は失礼だけど、厚い本の装幀をすることは好きです。背文字をヨコ組にするぐらい厚いと嬉しい。それもさっき言ったように、自己をモノの姿に委ねているのでしょう。読むのも厚い本は好きだから八百ページの本なんて重いものを電車の中で読んだりします。

それを読破したら書架に差し入れ、「こんな厚いの読んじゃったよ」という充足感はあります。

**――このあいだ神奈川県立近代美術館でマックス・クリンガー展を見たのですが、フォリオ判という新聞のように巨大な版画連作集の本が展示してありました。あんなのが売られていたのかとびっくりしました。**

それは刷った版画を一冊一冊製本したのでしょう。印刷というより原画集なのでは。版画ならそれができる。版画と印刷は理屈は同じことだから。出版社は版元と言いますが、昔は版元は版画制作工房だったわけです。

**――自分が装丁したなかで一番気に入っている本はなんでしょうか。**

これは自分ではわからないし、注文に対して仕事している自分が「これが自信作だ」と言う意味もないですよ。洪水企画で装幀した『天秤　わたしたちの空』なんかはかなり気に入っていますけど。他人の評価ということでは、唯一、三十数年前に杉本苑子著『干潟の秋』の装幀が、海外で評価をいただいたことがあるんです。自信作でもなんでもない、アナログ時代の素人ぽい装幀なんだけど、他人に評価してもらったということではこれしかありません。

**——人類史上で偉大と考える美術作品を三つ挙げるとすればなんですか。**

まず、わたしの美意識の原点はエジプトの石彫なんです。

若い頃エジプト美術展に行き、五千年前から二千五百年前までの時代の多様な展示があった中で、黒御影石に彫られた女の人の頭部を観たときには本当に感動した。エジプトの石彫はすごいんです。そのあとギリシア、ローマと彫刻は繁栄するけど、それ以前のエジプトのほうがはるかに洗練されていると感じました。造形がシンプルだけど研ぎ澄まされた様式美がある。ツタンカーメンなんかのほうが有名かもしれないけど、黒御影の石彫はすごく魅力的で、なによりも「大きさ」いや「小ささ」がいいんです。

わたしにとって彫刻とはなんぞやという話をします。存在する総てのモノには天空から降り注がれる空間の

30年前、ドイツにおける「世界で最も美しい本コンテスト」受賞作品。
Mac. が無い時代なので全てがアナログ作業。色和紙を手編みし、森で拾った楓の葉を貼り込み、一途にテキストと対峙した懐かしい一作。今見れば稚拙だか、自分にとっては装丁家生活の基点となった。

『天秤』野樹かずみ・河津聖恵著。
詩と短歌のコラボレーションという特異な内容に呼応し、「沙漠に堕ちた空のキューブにシモンヌ・ヴェイユ像…」と、不可思議なビジュアルを創り上げた。

圧力がのしかかっている。モノはその圧力を押し返す。そこでモノと空間との「押し合いへし合い」の末、最後の最後に拮抗した接点の連続がモノの「面」となる、造型というのはそういうこと。

それを強く感じさせるのがいい彫刻なんです。ロダンにしろブールデルにしろ。そう、ジャコメッティを例にすればわかりやすいでしょう。空間の圧力で無駄が全部削ぎ落とされ、それでも残った「これは譲れない」という形状が凛と立っている。その緊張感がエジプトの多くの石彫にはあるんです。太陽がさんさんと落ちる空間をはね返す独特の緊迫感と洗練とがあって。ローマやギリシアの彫刻からはそういうことを感じる機会があまりありませんでした。わたしにとっては、エジプトの石彫が一番です。

二つめが唐招提寺、室生寺など、奈良の寺社建築。

エジプト美術がローマ、ギリシアよりも古いけど洗練されているように、奈良時代は平安時代以前なのに、建築はすぐれていると感じます。唐招提寺と室生寺はとくにいい。いいものは重々しくなく、押しつけがましくなく「軽やか」なんです。街は奈良のほうが田舎のように見えるけど、寺の建築は奈良のほうがエレガントなんですね。屋根を支える垂木を見ればわかる。奈良の寺社のほうが京都より垂木が細いですよ。京都駅前の東寺の五重塔などはバランスが良くしっかりしているけど、わたしにはどこか威圧的に感じます。それに比べて奈良室生寺の五重塔の軽やかさは素晴らしい。唐招提寺の境内を歩くと、そこには独特の空気感がある。建築物があって…、空間があって…、自分がいる…という、その関係性が醸し出す佇まい、精神の高揚感、それがずば抜けているんです。

三番目はマーク・ロスコの絵を選びます。

画面に朦朧とした幾つかの四角が配されただけの、とても抽象的な、一見しっとりとして穏やかな絵です。千葉県の川村美術館にロスコの部屋があります。すごいです。二次元表現の絵って最後にはここにいくんだと感じました。描き続けるうちにどんどん作品の彩度が落ち、生涯最後の絵は真黒になる。真黒といったって微妙に色調がちがうところがあるんだけど、基本的には真黒。この絵を描いた後にピストル自殺をする。ロスコは、突き詰めて突き詰めて突き詰めた末に、本人にとって絵画はやっぱりこうでしかなかったんだと感動しますよ。

寡黙な表現のなかに、思索、感情、宗教性が封じ込まれ、それでいてそこに見えるのは朦朧とした色と形しかない。具象性は一切ない。最終的には絵でしかできないことはこういうことなのではないか。突き詰め方がすごいと思う。

**――詩歌について印象に残っている作品や詩人を教えて下さい。**

青春時代には啄木をよく読んだし、中原中也の「月夜の晩にボタンが一つ…」を諳んじたり、朔太郎「愛憐」の最後の「蛇のやうな遊びをしよう…」というフレーズに感じ入ったこともよく覚えています。

そのほか、北川冬彦の「馬」という詩との出会いは大きかった。本文は一行「軍港を内臓してゐる。」だけなんだけれど、こういうのありかと思った。言葉の迫力、威力にやられて、意識の階層の違うところから撲られた感じがした。

現代詩人では吉増剛造。

「そこまでやるか」という感じがあるけど、ある種の実験性というか、そういうことは評価していいじゃないと思っている。『オシリス、石ノ神』は、知的格調というか気高い空気感がある。

玉城徹の短歌にもわたし好みの空気感があります。

市井の活写を規範にしていながら突然、知的でハイブローな感触が登場する。「頭とは何ぞと問ふにジャコメッティ端的に応《いら》ふ胸の付け根」って、これはすごいですよ。

それから平出隆がいいですね。

言葉の化学式を見ているような、試験管の中を覗くみたいな、精密機械を分解しているような、とても理知的な創造であり、超感覚的なところがあります。氏の日常は天真爛漫な野球青年だそうですね。

女性では石垣りんが好き。

生活の中から非日常的な瞬間を紡ぎ出す面白さです。銀行に勤める市井の女性の平易な言葉をたどっていくうちに、いつのまにか背中がひんやりするようなものを見せつけられるんです。

これら詩歌作家たちの作品には、インテリジェンス、知性が零れてくる中で、超感覚的な様式美をもって定着されているところがあり、まさにそこには「デザイン」があるんですよね。

（２０１７・11・9／構成＝池田康）

**巖谷純介**（いわや・じゅんすけ）
1949年東京生まれ。装幀家。1984年ドイツ・ライプチッヒの「世界でもっとも美しい本コンクール」入賞。特に、句集・歌集などの定型詩文芸を多く手がける。児童文学者の巖谷小波が祖父、文芸評論家の巖谷大四が父。

詩人追憶

# 大岡信 忘我の詩学

渡辺竜樹《たつき》（俳人）

大岡信の講演を聴いたことがある。九十年代の後半のことである。

「折々のうた」に引用した短歌、俳句の魅力を語ることがその日のテーマであったようだが、記憶に残っているのは、連載の忙しさを語るとびきりスリリングなエピソードであった。原稿を受け取りに来る新聞社からのバイク便が自宅に近づいて来るのをひしひしと感じながら百八十字のコラムを書き上げる様子を、大岡はいささか自嘲して語るのであった。

以前、私が関わっている大岡信研究会の講演で、元思潮社編集者で詩人の八木忠栄さんが、大岡の詩「地名論」誕生のいきさつを教えてくれた。それによると、当時、明治大学の教員として大学入試事務で繁忙を極めていた大岡は、夜中に締切のことに気づき、慌てて身の回りを眺めまわし、水道を捻りゴクンと水を飲み込んだ瞬間、水道管の詩を書くことを思いつき、後に自身の代表作となるこの作品を書き上げたとのことであった。

やはりここでも切羽詰まってからのダッシュが著しい。

大岡の発想の根には、追い詰められてからの飛躍の中にこそ、自分では制御できない自分があらわれてくるという信仰があった。詩もコラムもこのようにして書かれていった。

大岡は岩波新書版『第五折々のうた』のあとがきに、次のように書いている。

〈具合のわるいことに、私はこの種の短い文章（百八十字分）を書く心得として、せっぱつまった状態にあえて自分をおくことが必要だと考える人間なのだ。せっぱつまった状態でひらめくものが、短い文章では時に決定的に重要なことがある。それの訪れを待つために、あえてぎりぎりの時間まで書かずにいたりする。はた目には何たる愚図か、と見えるかもしれないやり方によって自分を追いこむ。何のことはない、たえず苦しい状態にみずからを置こうと努めているのである。〉

ブルトンらが行ったシュルレアリスムにおける自動記述の実験のように、大岡はそういうぎりぎりの磁場をあえて作って、長期にわたる連載を果たしていった。大岡にとっての追い込みは、自分ならぬ自分に出会うための方法であった。

また、あるところで大岡は、「折々のうた」について《ある作品を選ぶ場合、その前にある作品と後に来る作品との前後関係という、「見渡し」を同時に選んでいることが多い》と記す。つまり大岡は、連句における付句のようにして、書き綴っていったのであり、果てには、詩が自由に行き来する空間を生み出していったのである。

「折々のうた」という壮大なアンソロジーは、連句・連詩にもつながる宏大な詩歌の「自由な結合」を引き出していく試みであった。ことばの宇宙と無意識に交信する試みとでもいえよう。それは若き日にシュルレアリスムによって導かれた大岡の詩精神の働きが、すみずみまで発揮された大長編詩とでも呼べるものであったことに思い至るのである。

をさない日は
水が　もの云ふ日
木が　そだてば
そだつひびきが　きこゆる日

# 小特集　裸の詩

みにくく着ぶくれした詩は読みたくない。いらぬ飾りをたくさんつけた詩には重税を課せ。ぶさいくな嘘で塗り固めた詩は禁固百年だ。外観美々しい張りぼての詩は鉄槌で叩き潰せ。詩の裸形は詩の原点に存在しなければならない。そして詩の裸形を探し求める眼差しは詩の終点を指し示すだろう。

※ 既発表の作品には発表媒体を明記した。

## 裸の詩

## 高階杞一

### 春の額縁

泣いている君をだきあげて
幼稚園の門の前に立つ
入園式がおわったあとの
まんかいの花の下

ゆうちゃん
みんな笑いながら帰っていくで
ゆうちゃんだけやで泣いてるの
笑って、笑って

そう言っていたのは
カメラをこちらに向けた君のお母さん

春が来て
さくらの咲く頃になると
この日のことを

思い出す

今はみんな
別々の場所へ行ってしまったけれど
その日は
確かに同じ場所にいて
家族三人　笑いながら帰っていった
まんかいの花の下

誰も見ることのない
記憶の中の　ちいさな一枚の風景画
時はそこで止まったまま
春の額縁に収まっている

（初出「大阪春秋」158号　2015年4月1日）

## 風のとまった日

風がきて
ぼくの耳にとまる

ボクにも君のような男の子がいたらなあ

そうつぶやいて
すぐに　とんでいきました

風はなぜ
ぼくにそんなことを言ったのでしょう
ぼくと友達になりたかったのかな
それとも
ぼくとよく似たこどもが
風にも
いたのかなあ

そんなことを考えながら
風の消えてしまった道を
帰っていきました

しずかで
なんだかかなしくなるような
夏の終わりのことでした

（初出「交野が原」79号　２０１５年９月１日）

## 清水さん

清水さんを押し倒し
それから
戦場へ行った

帰ってきたら
清水さんはまだ家にいて
おかえりなさい　と
こどもを見せる

その子の手をひいて
堤防へ行く
黄色い花があちらこちらに咲いていて
なんて名前だったか
よく知っている花なのに
思い出せない

土手にすわって
こどもといっしょに
川を見る
戦場にも川はあったが

こんなにきれいではなかったな
茶色く濁って
ときどきヒトが浮かんでいたりして
きれいね
ふりむくと
うしろに清水さんがいた

(初出「交野が原」81号　2016年9月1日)

「高階さんの詩って、さらさらと書いているみたい」と昔、言われたことがある。平易で、凝った表現もあまりないので、そう思われるのかもしれない。でも、決してそんなことはありません。一篇の詩ができるまで、毎回、頭をかきむしり、時には胃が痛くなるほど苦しんでいます。レトリックももちろんそれなりに施しています。だいたいレトリックのない詩なんて存在するのだろうか？平易さの代表のようなまど・みちおさんの詩だって、見事にレトリックが使われています。

現代詩には「難解崇拝」信者が多いようですが、彼らは中身のためのレトリックではなく、レトリックのためのレトリックに囚われてるように思えます。難解な詩を高く評価する詩人たちもいて、それが「難解崇拝」にさらに拍車をかけているようで、困ったことです。

有働　薫

## 寝台テーブル*

ル・リ・ラ・ターブル
ガラス窓に
小さな黒い蝶が
ふたつ
向き合っている

日が暮れる
ル・リ・ラ・ターブル
パパゲーノの吹く
三角形の笛
緑の草地
ル・リ・ラ・ターブル
ル・リ・ラ・ターブル

簡単な生活
高校を卒業すると

やがて１８歳
遅生れの月ずえ
ル・リ・ラ・タ－ブル
ル・リ・ラ・タ－ブル
ル・リ・ラ・タ－ブル

＊ポール・エリュアール『寝台テーブル』根岸良一訳　１９５６年国文社刊による

## 彼女のトランク

電信柱の transformer の上で
ねぼけまなこの明けガラスが
東の空を向いて鳴く
ああ！　彼女は発つつもりだ！

雨がぽつりと来る

持ち上げられた大きなトランク
電線は　鳥たちのために
トランスフォーマーは　出発する妻たちのために
――青いサイクロンが私のすべてを壊していった

――赤いセダンで彼女は去った

（初出『ルピュール』21号　２０１５年10月）

## 月とシャンデリア

秋の夕方の
十日余りの月は
ヴィーナスの爪
空の
無限の果てをゆびさす
人差し指の
白金の焔

あなたと一緒にいたと言ってね
くぐもった声で月がささやく
わたしたち少し風邪気味なの

（初出『ルピュール』21号　２０１５年10月）

# 誰かが階段を降りて来る

わたしはモラルのチョッキをいつも着ているんだそれがわたしを守ってくれた——フィデル・カストロ、
あなたはいつも防弾チョッキを着ているそうですがと質問した記者に胸のボタンをはずして

階段を降りる音
そして向うから誰かが歩いてくる
ジャンパーのフードをかぶった
顔が直線の仮面のように真っ白

こんな半月のくぐもる夜は
向きあったベンチに
人影はない
夜はこれから
奥へ奥へとひらけていく

とても親しい気持で
ここにあると
自分の永遠の居場所だと
思い込んでいた
ここから

# 立ち上がる

詩を書き始めた若い時ほど現実に対峙せずに済むようになった今は、詩との向き合い方も穏やかになってきたと思う。言葉と音楽の結びつきに魅せられていたが、今は意味のある音楽はいやだ。詩の言葉も意味をなるべく棄てたものが好ましく、限りなく音楽に近づいて欲しい。とはいえ意味を持たない言葉はない。音楽が人間の感情に結びついているというのは一面であって、音楽は感情よりずっと規模が大きく、音楽は言葉を越えて存在する。マラルメはそう思っていた。人は完成して死なない、途中で命が尽きるものだ。音楽はそれを忘れさせてくれる。言葉もそういうふうでありたい。

（初出『ルピュール』20号　２０１５年４月）

# 高岡　修

## 胎児（抄）

11
かくして、
心がやってくる。
心は言葉の森の羽アリとたわむれる。
心は遠い国の丘に輝やいた断頭台に一匹のひつじ雲を載せる。
心は思念の秤で愛恋の寂寥を計量して遊ぶ。
それでも君は、
すぐにも思い知ることになるだろう。
欺瞞に充ち、
殺戮の構図の鮮明なこの時代にあって、
君を真に輝かすのは、
やさしさや愛の類いではない。
憤怒である。
憎悪である。
もしかすると、
殺意に到って初めて、

君が、
君らしく、
際立つのかもしれない。
そんな君の柔らかな頭蓋の湖面では、
一匹の水馬《みずすまし》が、
もう憤怒の円心をつくり始めている。

12

君じしんでさえ、
気づかないかもしれないが、
君の両手首と両足首には、
うっすらと、
釘を打ちこまれた跡が残っている。
もちろん、
君じしんでさえ、
気づかないほど微量だが、
両足首の釘跡のあたりには、
かすかな音が、
残響となって、
いまも滲んでいる。
それは君のくるぶしが記憶している音。
かつて、かの人が接がれ、

ゴルゴダの丘まで引きずっていった囚われ人の音。
今や君の血の潮騒のひとつと化している、
遠い、
鎖の音だよ。

13
洪水の光景も、
君の網膜の深部に鮮やかだ。
創世の頃、
天の水門より、
雨は地上に降り注いだ。
洪水は、
君をも洗い流すかに見えたが、
君は、
ひとりの老人に誘われ、
ゴフェルの木でつくられた舟に乗った。
一五〇日ものあいだ、
君も、
多くの動物のつがいも、
猛り狂う水上にあった。
そののち太陽が現われ、
無の世界と化した地を照らしたとき、

君は、
虹のようにも空を渡る、
一匹の、
巨大な蛇を見た。

（詩集『胎児』２０１６年８月）

言葉それじたいもまた激しく増殖したがっている。細胞分裂をくり返し、意味世界の新しい領域をつくりたがっている。

言葉が求めているその意味の増殖世界に、ひとり奉仕しうるのが詩人である。

しかし詩人は、現状の言葉の使用によってのみ、新しい意味世界の創造を可能にしなければならない。そのために、増殖しようとする言葉と言葉の触手を探し出し、結合させなければならない。そう、酸素と水素という気体が結合して、水という、まったく異なった液体を生むように。そのとき、水は創造物であり、新しく名付けられた現象である。

その詩人の行為をあえて方法とするなら、それこそが詩的レトリックである。他のあらゆるレトリックを遥かに超えて、「始めに言葉ありき」の神域に、限りなく近接しているものである。

# 北爪満喜

## 神無月に

水泡　鈴の音
砂の上に
水たまりに
雨の音

二つに割れた身の入った実
名前の言葉の身の入った実　伽藍
二つに割れて
二つの名前

たちのぼる今と
流れ出す源の
名のつく言葉の住処の伽藍
雨の雫の生まれる空に
愛しいものの気配のように

揺れる雲が流れてくる
琴羽　と誰かに呼ばれている
声ではない声
天乙女でしょうか

見つけようとしてはいけない
雨の雫の漂う空から
吹き降りる愛しい気配はきて
綾なす風は羽のようで
天乙女でしょうか
声にならない声はあふれ
綾羽　と呼んでしまっていた

水泡　鈴の音
雨の音

名前の言葉の身の入った実　伽藍
二つに割れて
二つの名前

儚くはない
響き　朝の

（2017年10月17日）

## 夜の落ちる砂時計

夜の落ちる砂時計
音もなく砂の行方を追った
窪んで　遙かに　森の中へ
森などしらないのに木々の奥へ
腰まで繁る草をはらって
歩いていた
いつからか木々がまばらになって
ぽっかり穴が開いたような
草ぐさが明るみ開かれている静かなところに着いていた

梢を通して覗きみる
ささげた片手の指先に
蝶をとまらせた少年が
素裸で草に囲まれて座り
眠っているような瞼でいる
開かれた草地は木漏れ日に濡れ
草ぐさが翡翠の色に輝く
いまにも地上から飛び立ちそうに少年の周りで揺れる葉擦れ
柔らかい風が梢をこえて

こちらまで届くと
頬や額から翡翠に染まり
わたしは性を失って裂け
静かに草の根をのばし　守るようにあの草ぐさと繋がって何か語りかけはじめていた

窪んで　遙かに　森の中で
どなただろう
声がかすめて響いた

（２０１７年10月26日）

## レトリックは未知への道具

この夏から歩きながら言葉を書いている。もう秋も深くなってしまった。雨の日が多かったので、傘をさして木の下に立ち止まり、言葉を書くことも多かった。ちょっと不審者のようだ。ノートにはそのまま言葉をでてこさせている。できるだけそのまま。雨の雫がみずたまりに泡をつくって跳ね上がる。後ろから人が砂を踏んで近づいてくる足音がする。公園の鳥がみずたまりで水浴びをする。部屋と違って、様々なことに刺激されながら、晒されながら、言葉にでてきてもらっている。そうして、後から部屋でパソコンに向かって詩の入れ物にいれる。

詩という入れ物をつくる過程をレトリックと言うとするなら、その都度、文字になったものと向き合うことそのものだろう。詩句の音を頭の中に響かせ、リズムを考えてみる。あえてリズムを崩して違和感を残すこともある。ひらがな、カタカナ、漢字、などの表記の、どれが最もぴったりくるかも考える。言葉には言葉の力があるから、言葉から次ぎの言葉へと連れ出されてゆくのが楽しい。私だと思っているところを超えて、書くまでこんなところに出るとは思わなかった、という発語を大切にしたい。言葉の前で立ち止まる。イメージが言葉の力によって思いも寄らなかったイメージと繋がるのは、固有のことでありながら、私を超えている。レトリックは狭い自我を脱皮するための、そして社会的な固定観念に縛られた見方を取り外すための、道具なのではないだろうか。詩という形式は、未知へ向かって開かれるもだから、きっとそうに違いない。

裸の詩

# 渡辺玄英

## まどろむ（火のはての

一

まどろむ火（のまどろみの中に
かすかな火がうまれ（微小のなかの微小
漆黒の闇の中
細い声がよびかける（火のしたたりとながれおち
火がそよぎ火は目覚める
（わたくしは誰なのか（わ（わたくしは何者なのか
受信せよ（未来も過去も（わたくしは
小笠原諸島大戸島（記憶の暴虐の火
わたくしは阿鼻叫喚
わたくしは八月十三日に帰還する者
飢餓と狂気に支配され火の砲撃に曝されて
わたくしは呪詛わたくしは災厄わたくしは妄執
わたくしは怨霊わたくしは暴虐わたくしは地獄
血はホトバシリ（わたくしは血を吐く
わたくしはヒクイドリ（火を喰らい高く鳴き

われわれはかつて英霊と呼ばれたわれわれは
われわれは南洋の暴風であり北上する者
われわれはまつろわぬ神であり天皇のケロイド
われわれは破壊する者であり鎮められる者であり
われわれは呉爾羅であり復讐者であり
われわれは繁栄をもたらし滅亡をもたらし
われわれは火を噴き核分裂をうながし消失と創造をつかさどる
われわれはフクシマをめざしわれわれは歩みをとめない
海が燃えるセシウムが降る冷却しなければベントしなければ
コンクリでおおうべし格納容器の圧力を下げるべし
火のホトバシリ（われわれは鳴いて血を吐く
火を失うことで火が溢れ融けて滴る夢の消尽点
（鳴らない鐘が鳴るりんりんと（我が内なる呉爾羅
（サイレンが鳴る（はて（呉爾羅はフクシマを目指し（はて
やがてすべてが閉じられていくとき新生の闇が訪れる
火の中に月と太陽があり、火の中に直立する未来の響き
われわれは火の河口へ向かう（元素の果てへ
行くことも帰ることもできず（血を吐く不如帰（の救済（はて
（最後の答えはここにあって
罪を際立たせる狂おしい無音の壁
（向こう側には人類は行けぬから
ここで泣きなさいサイレンをききながら
無明のなかにまた新しい畸形の炎がうまれ

芽吹く未来の罪

二

火の庭
火が火を孕む（火の花陰から一匹の蜥蜴がはしり出てくる
それがはじまりだ（わたしは誰か
火の蜥蜴であり火のわたしであり（人ではなく
始りと終りが同じところ同じとき同じ表情で繰り返される
わたしの蜥蜴は火をわたる
（苔の庭のしずけさ　羊歯のそよぎ
林泉　緋鯉　築山　灯籠　亀島　伽藍石　蹲踞
　枯滝　飛石　陰樹　火輪　青石　網代
背離
廃屋
涼やかな午後　どこまでも暗い音階
蛇の抜け殻に灯る（セントエルモの火

沈黙の夢をみた（蜥蜴はフクシマをめざす
火は啓示の役割をはたす
火の外部にあるものは火ではないと断定できない
ゆえに外部は未知の火　としてあなたを燃やし続ける
燃えるあなたは火の直喩だが

あなたのこころはここにはなく
あなたこそ暗喩の火

ヒクイドリはマジみにくいって
(おまえ死ねよゴミ
真っ赤になった石炭を食べるってソンナのムリっす
はだかに根性焼きされるなんて涼しいもんっすよ
(おまえフクシマのにおいくさい
ころすきはなかったけれどあのひとを刺しました
あつい血がぬめぬめとゆびつめにしたたり
(うたれてたくさんしぬ (ないてあやまっても殴られる
絶滅危惧種 (闇にのまれ
火が消える (セカイがきえる

ここから先はない (けれど

三

虚でも実でもその境目でもすべて
セカイのことであるのですから
書きとめてみるとそれも世界をすこしだけ歪ませているのです。
あなたからのメールがとどきます。サマーウォーズ見てます
はじめて見たけどおもしろい。ゆめでお話しましょ。夏の夜の

夢、画面の中に荒野があって　野ウサギがはしる
すでに大地は死に絶えているのに荒野は広がっています
あなたにメールを返信したいけれど　なぜか画面に
メールではなくカラシニコフ自動小銃が現れて
野ウサギが走る　世界最速世界最多に火を噴いた銃を携えて
消しても消してもくりかえされる　わたしをふくめたあなた
とわたしとうさぎとうさぎたち　荒野は　映画館でも教室でも
散歩道でも街角でも（かまいません。わたしはいなくても
ここまでの何行かが、あることがよかった
よかったと標せる（しるせることがうれしい　やがて

やがて
火の森で燐寸を売るまずしい少女うさぎ
前世はほたるだったうさぎゆらゆら
ちいさな火をたいせつにみつめています
燐寸をいくたびも点けてみる（やがて消える
これはささやかな感想ですがこれは夢かも
しれません　あなたのみている火と　わたし
のみている火と　おなじ別のものとは思え
ない　でしょう　むろんそれをたしかめる
ことはだれにもできない　なぜならこれは
蜃気楼の（ひ（なの（かもしれない　蜃気楼に
ふれるとしぬ　だからもうあなたは　はて

しんでいる　火の森の　おくふかく　はて
たかい塔を　うねうねとのぼりつづけるばかり
どこにも　あなたはいない　こともいることも
できない　（あるとも（ないとも（すくいの
ありようは　火はないとも　あるともいえない
しんきろう

**無防備な詩について**

本誌に選んだ作品は、朗読のためのテキストとして書いたもの。現代美術作家の阿部守さんと現代音楽の三村磨紀予さんとの三人で、パフォーマンスアートの会を隔月で開催している。実は、明日（11月19日）の会で朗読に使う詩の最後の部分を掲載している。

ぼくは朗読が主な役割になるわけだが、朗読の場合、音声で聞き手に伝えることを意識せざるを得ない。といっても、同音異義語を利用する、その誤解を避ける、あるいは比較的に耳で追いやすい表現にする、リフレインをいつもより多用する、などの工夫とも言えない程度の工夫だ。朗読詩は普段とは違う、妙なところに力が入ってしまい気味が悪い。ぼくの本音としては文字で掲載する前提の作品の方が好きなのだ。

書くときにはいくつか決め事をしている。例えば、一行で立たない事、というのも大事にしている戒めだ。つまり、カッコいい一行を書いて満足しない事。詩は、言葉と言葉、行と行といった関係のなかに立ち上がったほうがカッコいいと思っているので、理想はカッコよくない普通の言葉の連携のなかでカッコいい何かが浮かび上がってほしいのだ。

他には、私語で伝わること、という決め事もある。ところで今、これを書いていて、猫が膝によじ登ってきて変な格好で眠ってしまって、とてもパソコンを打つのを難儀している。私語というのは、個人の呟きとか、仲間内で交わされる言葉なんかで、第三者にはよく分からない言葉。公然化されないというか、公にはほぼ機能しないそんな言葉が実は何かを伝えてくれるのではないか、という夢想がぼくにはある。

そもそも詩は無防備な表現だ。もっともっと未完成でありたい。

# 水谷有美

## 四季

銀木犀の香に包まれて
秋を迎えている

痛みの春も
苦しみの夏も
体の一部になってしまったかのような
この半年

せめて秋よ
私にやさしくしておくれ

来たる冬に
光りはあるのだろうか

時はめぐる
けれども

私は動けない

## 女主《おんなあるじ》の庭

九十五歳の女主のいない庭は
荒れ果てていた
夏草が我物顔に繁茂し
地面が見えなかった

日がな一日
庭の手入れをしていた
女主の日焼けした笑顔が浮かぶ

天気の話
庭の草花の蘊蓄
隣家の猫の糞尿
カラスのいたずら
話は尽きず
犬の散歩の途中に立ち寄る
楽しみの一つだった

昔は先生をしていたと
風の噂に聞いたことがある

## 父と夜

父が亡くなる数日前
「夜が怖い」と不安がるので
ひとり　実家に泊まった

夜中、何度も父に起こされた
昔、母に習った子守唄を口ずさみながら
その都度
父の痛む背中をさすった
医療行為が許されない者の
出来得る唯一の手当だった

「今誰に会いたいの」と尋ねると
父は、寝たきりの母の名前ではなく
亡き祖母の名前を口にした

死を前に

人は子供に戻るのだろうか
私は黙って聞いていた

## 落葉樹

冬の寒さに備えて
余分なものを
全てそぎ落とし
落葉樹は立っている

枝は空を目指し
幹は直立不動
まるで
意思そのものの姿で
立っている

春が来て
天女が見えない羽衣を
その裸の枝に掛けるまで

立ち尽くしている

私は、大人になってから、本格的に詩を書き始めたので、生活者としての目線がいつも頭にあります。詩を書かない人にも分かるような詩を書きたいと思い、分かり易い言葉で、深い内容の詩を創りたいと願っています。

ユーモアやエロスのある詩も書いていきたいです。また、昔の詩のように暗誦したり、歌になる詩も創りたいです。

言葉は、ロゴスと音が結び付いて出来たものですので、音楽との相性も良いと思います。

「せたがや歌の広場」コンサートでは、詩人が書いた詩に作曲家が曲をつけて、毎年歌われています。今回、私の詩は、児童の合唱曲になりました。

シンプルな言葉で大きなことを表し、無言の行間にも語らせたいと願っています。それこそが、小説や短歌、俳句と異なる詩の醍醐味だと考えています。

今回、機会をいただき、レトリックを排した裸の詩について考えてみました。絵画に例えれば、抽象画というよりも具象画に近いのかもしれません。テクニックに頼らず、装飾を排した絵画は、素朴で力強いと思います。

以前、美大の先生に上手く描こうとしないで自分らしく描くようにと言われたことが蘇りました。そこで、できるだけレトリックを排した、裸の詩を書くことを試みました。試行錯誤した結果、事実を基にした具体的な詩が出来上がりました。

自分でも驚いたのですが、初心に戻ったような気がしました。子どもの詩にも通じる、原初の詩の姿に近いからかもしれません。

この小特集は、詩の原点を確認したいという思いで企画したものだが、このテーマでまず思い浮かぶ詩人といえば、伊藤整（『雪明りの道』）とか、草野天平（心平の弟）とか、そうした静穏な詩を書く人達の名前だが、その中に『雲』の山村暮鳥ももちろん入ってくるだろう。なんの飾りもない素朴な詩行の存在の威。

**馬**

たつぷりと
水をたたへた
田んぼだ
代かき馬がたのくろで
げんげの花を食べてゐる

**おなじく**

馬が水にたつてゐる
馬が水をながめてゐる
馬の顔がうつつてゐる

この「おなじく」のやり方は「雲」「朝顔」「病牀の詩」でも用いられていて、多分一つの詩が思い浮かんで、それを書き留めると更にもう一つ思い浮かび、それも続けて書き留めた、というぞんざいな成立の仕方だったのだろう。これらを統合して大きく立派な詩を作るという気持ちがまったくなさそうなのが、裸のさわやかさを生む。山村暮鳥は『聖三稜玻璃』の頃は前衛的な詩を書いていたが、それらは裸ではなかったかといえば、そんなことはなく、十分に裸だ。

**岬**

岬の光り
岬のしたにむらがる魚ら
岬にみち盡き
そら澄み
岬に立てる一本の指。

自分の詩法をもって正直にダイレクトに詩を書くときのひりひりするような感覚が「裸の詩」の空気を生み出すのではないだろうか。

　かつて「洪水」での作曲家の中川俊郎さんの連載の打合せで中川さんが気になっている詩人の名前を挙げていった中に、八木重吉があって、そのときは古い時代の詩人を出すなと意外に思ったのだが、その後八木重吉の詩に接する機会があって、この人の作品がもたらす非凡な緊張を知った。詩史の複雑な流れなど関係なく気合いで書いているフシがある。

**幼い日**

をさない日は
水が　もの云ふ日
木が　そだてば
そだつひびきが　きこゆる日

**秋**

こころがたかぶつてくる
わたしが花のそばへいつて咲けといへば
花がひらくとおもはれてくる

　紹介した山村暮鳥も八木重吉も宗教と深くかかわった生涯を送っているが、そのことと彼らの詩の上述のような特性とどう関係するのか、それは考え始めると大変な問題になりかねないので、ここでは回避することとしたい。　（編集人）

HIDDEN TREASURE

# 現代詩　埋もれた名篇を探る

林　浩平

## （1）会田綱雄「大工ヨセフ」

ヨセフは一人で葡萄酒をのんでいた
肴も自分で焼いてたべた
その間に一度扉をたたいたものがある
マリアかしら
マリアなら優しく「ヨセフ！」とよびかけるはずだ
じっと息を殺していると
足音は走りながら遠のいて行った
「エリ・エリ・レマ・サバクタニ！」
（わが神、わが神、なんぞわれを見すてたまいし）

そのときヨセフはテーブルにもたれて
もう眠っていた
悲しい夢を見ている嬰児《みどりご》のように
真珠の涙をこぼしながら

会田綱雄の「大工ヨセフ」である。ヨセフは、言うまでもなく、聖母マリアの夫のあのヨセフ、イエスの養父とされる人物だ。新約聖書では、神々しい聖母子の影に隠れて、なんともささやかな存在感しか示せない。ほとんど記述がないのだ。だがこの詩では、ヨセフが主人公である。自分で肴を焼いて、ワインを飲んでいると、生活感たっぷりに描かれる。ワインで酔っぱらっていると、家の扉をノックするものがいる。妻のマリアではないらしい。誰か？

　そこに聴こえるのが、十字架に架けられたイエスが口にしたとされるあの言葉だ。「エリ・エリ・レマ・サバクタニ！」、そうしていったんイエスは絶命する。遠のいて行った足音は、羽根を持たない天使？　神からの使いであったのか。

　酔いつぶれたヨセフが「真珠の涙」を流したのは、十字架で絶命したイエスを抱いて悲しむマリアの姿を夢に見ていたからかもしれない。馬屋で生まれた嬰児つまりイエスもまた、同じ夢を、つまりわが屍《しかばね》を抱いて悲しむ母マリアの姿を夢に見て、その予知夢に涙した、ということだろうか。わたしはこのおしまいの連を読むたびに、一度ローマのバチカンのサン・ピエトロ寺院で観た、ミケランジェロの彫刻ピエタ像を思い浮かべないではいられない。あのマリアは、うんと若く清楚な美のオーラを発散させていたのだが。

本作は、名詩篇「伝説」で知られる詩集『鹹湖』(一九五七年)に収められる。会田は、この第一詩集以来、聖書に取材した作をいくつも書いた。そこに登場するマリアもヨセフも、またイエスだって奇妙に人間臭く、煩悩を抱く身であることを隠さない。最後の詩集となった『遺言』(一九七七年)には「オマエガマリヤ」という詩篇を読めるが、「オマエガ　マリヤ／ボクガ　イエス」と始まって、ここではなんとマリア(マリヤ)はイエスの愛人なのである。

とにかくこんな具合に、聖書のなかの人物であれ、鬼や狐らであれ、大臣や市長などの権力者であれ、会田の紡ぐ奇態な説話世界に現われるのは、吉岡実の命名を借りれば、「魔性のもの」としか呼びようがない存在だ。りれば、欲望の赴くまま愚行を繰り返す戯画的なキャラクターがほとんどだが、どこか憎めない「魔性のもの」たちではある。そんな会田の世界を、吉岡実はこう評した。「そこに託された、男と女の永遠の命題である愛憎一如の形相がうかぶ。ときには滑稽で、卑猥で、ときには物悲しく、しかも情緒を超越する東洋的虚無の闇が在る。」まったく同感である。

しかし、会田綱雄という詩人は近年、詩壇の表舞台から姿を消した印象がある。若いひとたちに読まれているのだろうか。大学で受け持つ文芸創作の授業では、詩の教材として会田を使うようにしている。反応は悪くない。なかには、「伝説」を素材にして小説を書いてみたい、と言い出した受講生がいた。それは面白いじゃないかと期待したが、途中で挫けたのは残念だった。

また会田の命日にあたる二月二十二日は、「桃の忌」と称して、詩誌「歴程」で親しい交流のあったという池井昌樹氏が中心になって、毎年この日に追悼の集いが持たれてきたそうだ。わたしは今年、初めてそれに参加する機会を得て、吉祥寺の老舗の焼き鳥屋「いせや」の二階座敷を訪ねたのだが、集まったのはなんと四十名近く。ともに初参加だった吉田文憲氏ともども、その盛況ぶりに驚いた次第だ。その席でも話したのだが、会田綱雄の詩はもっと論じられていいのではないか。現代詩周辺、書法が暗喩一辺倒だった時代はすでに去ったわけであり、会田のような、膂力のある語りのスタイルなどもっと見直されていいはずである。

さて、今回から本誌の誌面を借りて、連載を始めることになった。タイトル、「隠された宝」とか「埋蔵物」の意味だが、半世紀を超える現代詩の歴史のなかで、埋もれたままになっている魅力的な詩篇を採りあげて、新しい光を当ててみたいと思う。今回の会田綱雄のように、メディアのなかで詩人の名前に触れることが少なくなった場合もあるだろうし、また活躍中の詩人であっても、「え、こんな詩を書いていたのか」と驚かれるほど、目立たない作を引っ張り出すこともあるだろう。

選択の基準は、「わたしはこの詩を好きだ」というものであり、「どうして世間はこの詩に注目しないのだろう」というお節介好きの気性が連載のテーマにこれを選ばせたのである。もちろん、『彼自身によるロラン・バルト』で説かれるように、「《私の好きなもの（……）》、そんなことは誰にとっても何の重要性もない」のだろう。バルトは、好悪を述べ立てることは《私の身体はあなたの身体と同一ではない》と宣言することなのだから、「身体の威嚇」を行なうことになる、と言う。いやいや、わたしはそんな自己主張をしたいわけではない。だいたいHidden Treasureというタイトルに決めたのは、秘宝探しで一攫千金、などという野望とはまったく関係ない。これは、ロックバンドのトラフィックが一九七一年にリリースしたアルバム「The Low Spark of High Heeled Boys」の一曲目のタイトルであり、アコースティック・ギターとフルートの伴奏が印象的な、イギリスのトラディショナル・フォーク調の佳品なのだが、この曲をイメージして名づけたものなのだ。スティーヴ・ウィンウッドが優しげなヴォーカルで、「川に沿って散歩しようよ。せせらぎの音から、何百万という違った声が聴こえるよ。まるで埋もれた宝石みたいな」と歌っている。そう、そんなふうにして見つけたお宝のような、素敵な詩を読者に紹介したいと思ったまでである。〝That is waiting there for you like Hidden Treasure〟。次回もどうぞおつきあいのほどを。

**表紙の画像の説明**

左上の画像：シタベニオオバッタ
右下の画像：クシファクチヌス
（この画像は左右反転させている）

協力：
神奈川県立生命の星・地球博物館
〒250-0031
神奈川県小田原市入生田499
電話： 0465-21-1515
箱根登山鉄道入生田《いりうだ》駅から徒歩３分

# 杉中雅子歌集『ザ★カ・ゾ・クⅡ』

評　佐保田芳訓（歌人）

杉中さんの第二歌集を読んでいくつかの感想を持った。端的に言って好感の持てる歌集である。第一歌集に続いて今回も家族を詠ったものが多いのが特長である。このテーマは古くはあるが、新しいものと私は思う。それぞれの人生において自身の家族はかけがえのないものだからである。気取る事なく自身を見つめ家族を見つめる事で、人生の喜びがあればそれに勝るものはない。杉中さんの歌集にはその具体的な内容が盛りこまれている。

洪水企画刊／1800円＋税

私は自身の作家信念を「写生」にすえて作歌して来ている。そういう意味でその視点でしかものが言えない。

茶臼岳にかかれる雲は波たちて吹き来る風はわが肌を刺す

足元の浮き立つ橋にわれありき対岸の滝とうとうと墜つ

歌集冒頭にある、栃木県那須の旅の歌である。人は言うだろう、このような歌はいままでの短歌の中で累々と歌われて来たものであると。私は決して平凡な歌ではないと思う。写生とは自身をみつめ、風景なら風景と一体化する事である。今の歌壇の歌とは違う。これほど素直に自身を言うのは難しい事なのである。はからいがないのである。

庭隅に落ち葉掃きため芋を焼く　母見ゆ幼き我を呼ぶ声

灯籠の明かり遠のく元安川　被爆者の魂鎮まれよ

縫物に心和めるわれなりき母から受けし遺伝子のひとつ

蓮如説く「白骨の御文」朗々と僧侶の声は心に響く

日の当たる待合室にてレース編む手術にかかる四時間を過ごす

思いつくままに歌を引いた。杉中さんのふる里は被爆地広島である。戦後何十年経てもその傷は癒えない。したがって、先年の東日本の地震の被災地に心寄せる事は自然のなりゆきで、歌集には何首も詠み込まれている。

短歌は詩である。というのはわが師佐藤佐太郎の言葉であるが、今日の短歌の世界は価値観多様である。ある意味短歌の如きはファッションであるとまで言う人も出て来た。作家辻邦生はその著『詩と永遠』の中で、日常生活を芸術化していくのが日本の伝統であると言っているが、杉中さんの日々のひたむきな生き方にはその方向がある。

「うつし世もゆめも」連載1

海埜今日子

# 着替えて、どこへ、ここへ

だんだん、境界が曖昧になってゆく。それを望んでいたのだが。〈うつし世はゆめ、夜の夢こそまこと〉、江戸川乱歩は、揮毫を求められると、そう好んで書いたという。わたしは、このうつし世と夢の狭間に、居続けたいと思っていた。なぜなら、どちらもまことで夢だから。

その日の夜の夢。以前の職場のあった街、新宿で送別会があるという。送る相手が、新宿とはまるで無縁の、今現在の職場の女性であるのが、目覚めてから考えると妙だった。さらに同日、音楽ライブだったたか、朗読会か出版記念パーティだったたか、ともかく、イベントがあった。こちらも、過去と現在がごっちゃになっている。音楽関係者たちと付き合っていた二十代の頃、そして現在の、細々とした文筆活動。乱歩的にいえば、〈うつし世〉が送別会で、イベントは〈夢のまこと〉に近い行事だ。夢の中のわたしは、どちらにゆくことにしたのだろう。覚えていないが、支度をしている。風呂場には湯船が二つあった。大きいのと小さい正方形の湯船。小さい方を選んだ。着替えは、家ではなく、通りに出て、洋服屋に吊るしてある商品のようなものから選ぶ。店番をしているのは、もう亡くなった母方の伯父だ。あとは化粧。こちらも別の店に入って、試供品でも使うみたいに、塗り重ねる。最後にアクセサリー、また違う店へ向かう途中、通りで車に乗った女性に呼びとめられた。もう時間がないという。「あと、指輪だけ、そこの角をまがってすぐだから」。取ってきてあげようと、いわれたが、自分じゃないとわからないからと断る。そこで目が覚めた。

わたしはどちらにゆくことにしたのだろう。夢診断的にはどうなのか、わからないけれど、自分なりに解釈すれば、夢とうつし世、二つの間で、折り合いをつけているようにも思える。送別会とイベント、それに服を着たり、着飾ったりするのも両方だ。着飾るということは、ほとんど現実的な行為だけれど、どこかに夢が混ざっている気がする。気に入って買った洋服たち、綺麗だと思ったアクセサリー、人から貰ってうれしかった小物たち。ところで、わたしにとって、家にいることはほぼ夢だ。なぜなら、家のなかで、書きものをするから。そして書かれたものは、夢に属するから。それは非日常といってもいいのだけれど。だから、その日の夢のなかでは、いちいち、店が出てきたのだと思う。着替えること、化粧をすること、これは、家の中でする行為だが、外に出ること、つまり日常を念頭に置いてもいるから。

目覚めてから、夢のなかで見た伯父のことを考える。故人に申し訳ないが、わたしが子どもの頃から、女性にだらしない人で、あまりいい印象がない。だが、長らく忘れてしまっていた、夢で会ったのも数十年ぶりだ。その伯父は、毛布にくるまって、うつらうつらしながら店番をしていた。静かで優しげだった。わたしのどこかで、彼と折り合いをつけたのだろうか。寝ている十二歳のわたしに、いたずらをしかけたのも遠い昔だ。

〈うつし世はゆめ、夜の夢こそまこと〉。うつし世のなか、今の職場で、夢のなかで送別会で送られることになっていた女性（実際は辞める予定はない）と、その日、会った。職場では一週間に一遍、しかも三十分ぐらいしか会うことがない。癖の強い人で、少し注意が必要だ。その関係が、夢に出てくるには、ちょうど良かったのだろう。彼女が出社した後、引き継ぎをしてから、わたしは退勤する。退勤したあとの時間、これも、わたしには夢に近い時間だ。だんだん、うつし世からはなれて、昼なのに、夢の時間に、スライドしてゆく。帰り道、わたしは夜見た夢のことを思い出そうとしている。川岸の道を通り、木々を抜けて。そういえば週末には、イベント（＊）に出かけることになったのだったけ。着飾って、指輪もして。夢も、うつし世も、あればいい。

＊２０１７年11月４日・野村喜和夫×篠田昌伸　トークイベント

# 亜体操卍

詩の曙光
野村喜和夫・推薦
★

樽井将太

すめらす
ににぎの体操
あちこちまがる蟲か

たまももかるくはずむ
膝のうえでは何か小動物ような襞の
食むような仕ぐささえ
たのしいおんがくが
応援します、
(にこにこ)
なんで柔らかいね、
あちこちまがる蟲
ひらきひるこながるる
体操とかする
るりするなん、
レスラーおもわれるおこりのすぢ
嚙みきれないから

包みに吐きだす
無惨レスラーな！
ににぎのもこに
肛門も何か小動物
ほぐします、
(にこにこ)
血管がおもてに浮かび
あちこち禍しくまがる

和毛の汗がひかり
みこごもおだやかに
にににぎのたまも
かる、
なんで柔らかいね
無惨あちこちまがる！
、なあ、レスラーなあ、
臍舐める小動物の遊びだろう
何か小動物ような性感が
、庭にはびこる
はびこる臭いたつ管に
挿入する、にこにこのひるこ
ひらけ、レスラー

そして二度とほどけないほどに、

肘が曲がる時、
かならず膝の上には
はぢらうような
にこにこ、美のレスラー
、美にこにこな、ここな、
苦い血も額から流しうる応援する宴だった
だから応援します
何が、
　体操が

そこ、柔らかいね、
襞状の表情そこ
肘のあたりから管をこう
すめらすレスラーの
ににぎの
黒いパンツというふぐり
らら、レスラー柔らかな、
赤いパンツという不義理
あ、まじなえな、
離散していくおもだるう

わびしい九乳がみちる
感情が環状に囲繞している
わびしのの
イルな艸が汗を乾かし
てるてる
そこにいるづら
クニュら、
柔らかいね

profile: たるい・しょうた　一九八七年東京生まれ

CRITICAL ESSAY

# 私の読んだ詩集のお話。

江田浩司（歌人）

現代詩の時評と言っても、自由詩の創作者ではない私に書けることは、限られた枠内のことでしかない。現在の詩の動向への知識もないので、今年お贈り頂いた詩集の中から選ばせてもらい、私の思ったことを肩ひじ張らずに書かせて頂こうと思う。これは私の読んだ詩集のお話である。

黒岩隆詩集『青蚊帳』（二〇一七年八月　思潮社刊）の内包している抒情性が、薄い膜を透して、寂かに押し広げるように伝わってくる。この詩集が湛える哀感に身を委ねていると、快い淋しさが全身に伝わってゆく。すぐれた抒情詩集の条件を、『青蚊帳』は間違いなく備えており、その抒情性に溺れることのない言葉の制御が、この詩集の骨格をなしている。読み始めて読み終わるまで、詩を読むことの悦びを味わった一冊であった。

黒岩さんとは「北村太郎の会」ではじめてお会いしたのであったと思う。後に、『海の領分』という詩集を頂き、その折りにも詩の湛える抒情性に心打たれた。本書には大西和男さんへの哀悼詩「呼び鈴」が収録されている。大西さんとは、同じく「北村太郎の会」で何度かお会いし、親しく接して頂いた。「呼び鈴」は詩の完成度としてもすぐれた一篇だと思うが、大西さんの人となりをわずかでも知っている私にとって、他の詩とは違った意味で深く胸を打つものであった。『青蚊帳』は詩壇で高く評価される一冊だろう。

広瀬大志詩集『魔笛』（二〇一七年十月　思潮社刊）は、この詩集の世界と感応している素敵な装丁が、広瀬の詩の世界への導きとして目を惹く。広瀬の詩表現のこだわりが、装丁者の精神性に伝達されているようである。

『激しい黒』の後に、「I　白い旅」の詩篇があるのは意図的な構成だろうが、この詩篇が内包している「白」の世界が、精神性の厚みの中に静かさをたたえているようで印象に残った。広瀬の詩と言えば、ホラー、ゾンビ、殺人、死体、デストピアなど、強烈なイメージが言葉のエッジを立て、畳み掛けるような言葉の連なりがこちらに迫ってくる。もちろんそれだけではないが、「I　白い旅」の詩篇は、これまでの広瀬の詩とは異質な世界が表出しているように感じられた。それは詩が内在している音韻、言葉の内在律にも関係しているのだろう。「Ⅱ　HM／HR」の詩篇の方が、どちらかと言えばこれまで読んできた広瀬の詩に近いように思われる。これは、詩表現による対象への弔い方の差異にもよるのだろうか。

「Ⅰ　白い旅」の詩篇「パルス」には、ポストモダンの作家リチャード・パワーズから、「音楽とは、何かではなくて、そのもの」という言葉が引用されている。私はこの引用の後の詩句が好きである。「メロディーがハンドルをきる／書き上げたばかりの詩が／手のひらを見つめている／傷つきやすい前奏曲から祈りの部屋へと／たどり着いた海原は／天井に張り詰め／鳥の目がまばらに光っている」。パワーズの言葉を捩って、「詩とは、何かではなくて、そのもの」と言ってみることは容易だが、「言葉は想像よりも美しい」（「川に届く羽の歌謡」）と記す広瀬が、「そのもの」ということで、果たして満足できるのかどうか。「詩想はあるがままに望むところへと疾走せよ。」（「Hurricane」）と命じる広瀬は、その言葉とは裏腹のように、詩の細部に神経を張りめぐらせる。たとえそれが、弔いであったとしても、最高の形態を目指して……。

阿部嘉昭詩集『橋が言う』（二〇一七年十月　ミッドナイト・プレス刊）は、八行詩集である。論作共に精力的な活動をしている阿部の詩作の実験は、とどまるところを知らない。帯文には、「「減喩」を駆使した挑発的でしずかな八行詩集」とあるが、私には「減喩」の機能が未だによく理解できていない。詩論集『詩と減喩』（二〇一六年三月　思潮社刊）の「あとがき」には、「あらたに創設された、換喩＝メトニミーの隣接概念。言語的な表現・創造に使用される。とりわけ俳句における奇怪な作例から着想された」とあり、阿部が詩歌表現を分析するときの独自の造語である。

本詩集は「減喩」に基づく実践詩集ということであるが、それを意識し過ぎると、私にはとても読めそうにないので、なぜ八行詩なのかということを考えながら読んでみたいと思う。しかし、読みはじめて早々にお手上げである。なぜ八行詩かがわからない。前後を分け、二つの四行詩が組み合わさった構造を考えてみたのだが、そうではないようだ。前の四行と後の四行で、「減喩」の働きを想定し、そこから詩表現の磁場の表出を予想したのだが見事に外れてしまったのである。

「減喩」は、「俳句における奇怪な作例から着想された」と説明されているので、八行詩の構成は、前衛俳句や多行俳句との構造的なアナロジーから類推することが可能なのかも知れない。が、今のところよく解らないので、詩を読むことだけを楽しむことにした。八行の定型詩だけで構成される詩集ということだけでも刺激的である。

詩の様式を念頭に、阿倍の八行詩から、折口信夫の四行詩を遠望する。

「気配」という詩は、五行目に「鶴を病んでいるとおもうころには」とあり、「ゆるやかに裂をくんぷうがゆき」と続く。岡本かの子の小説のタイトルを彷彿とさせるフレーズが妙に気になる。そんな些細なことに興味を持ちながら、この詩集を読むことを繰り返している。

添田馨詩集『非＝戦（非族）』（二〇一七年七月　響文社刊）は、日本の現況の危機感から発信された詩篇である。政治、権力、民族が内包する暴力に向き合う想像力が鮮烈だ。詩が匕首として、強烈な批判性を内在し、自己の内部をも貫きながら現況に突き立てられてゆく。今の日本に生きていること、その実存的な意味を厳しく問い返される。

本書に収録されている生野毅との対談、「何者でもないことで、何者かであろうとする存在について――詩集『非＝戦（非族）』をめぐって」は、本詩篇へのすぐれた手引きである。対談における、中上健次や三島由紀夫、天皇への言及も私には興味深かった。

野村喜和夫の充実した仕事振りには驚嘆させられるが、その全貌を視野に入れるのは、私のように自由詩の素人には困難である。しかし、野村の仕事への手引きとして、すぐれた詩論集が刊行された。杉中昌樹詩論集『野村喜和夫の詩　付野村喜和夫全詩集解題　野村喜和夫略年譜』（二〇一七年八月　七月堂刊）である。杉中は野村の詩への敬愛の念を本書の「序」に熱意を込めて記している。野村の詩を読むことが「楽しい体験」であると書く杉中は、その詩を音楽を聴くことに喩えている。野村の詩には難解で近づきがたい表現もあるが、杉中の詩論集を座右に置きながら、改めてその詩に向かうと詩を読むこと自体の快楽に向き合えるように思われる。

野村喜和夫は、二〇一七年六月に思潮社から、詩集『デジャヴュ街道』と、詩論『哲学の骨、詩の肉』を同時刊行している。自ら詩作と詩論のライフワークと位置づける大著である。『デジャヴュ街道』が導いてゆく幻視、幻覚の道、世界が影を滲み出してゆく先に、私の脳内風景が言葉による変容を受ける。詩の様式の多彩な美しさに幻惑する。私は野村の詩の意味を理解できてはいないだろうが、感じることはできるようである。冒頭の近くにある「眼底ロード」という詩篇に、まったく何の関わりもないが、岡井隆の「眼底紀行」が掠めすぎて行った。想像力をあらゆる方向から刺激してくる詩集である。

テクストが内在する「格」によって、その詩の内容がわからない場合にも、テクストの価値を確かに感じ取れることがある。意味を読み取ることのできない詩も、この「格」に反応することができれば、詩の世界に入ってゆける。それは詩の様式や文体に関係しているものだろうが、詩が内在している言葉そのものの力の作用もあるだろう。

安易なもの言いは慎まなければならないが、詩論『哲学の骨、詩の肉』は、詩人野村喜和夫の存在証明でもあろう。本書から聞こえてくる野村の肉声は、詩人としての野村の思惟と創造の根幹を語ってくれる。本書を読み、翻って野村の詩を読み直すとき、本書が野村の詩論のライフワークであることを、改めて考えさせられるのである。

倉橋健一詩集『失せる故郷』（二〇一七年八月　思潮社刊）を読んで、詩の内在する孤独の耀きに思いを馳せた。いや、それは正確な印象ではない。現代詩の内在する孤独なんて単純にすぎる。孤高の表現でなければ詩とはいい難いものだし、崇高な批判精神を内包する詩句でなければ物足らないものである。倉橋の詩に静かな凄味を感じる。「いつのまにかわたしのなかではあのいっぽんの角だけが引き受ける／乱反射の意味がわかる気がしていた／　サイはたちつくしているだけだった／まさに素朴な直喩が使われ切ろうとしていた」（「素朴な直喩」）。「死角に死者／だから死者は視角にない／草むす屍、と口遊《ずさ》むと／私の胸にもぺんぺんぐさが生えてくる」（「草むす屍」）。

たなかあきみつ詩集『アンフォルム群』（二〇一七年九月　七月堂刊）は、驚きの詩集である。表紙絵は、たなか自身の作で、装丁はロシアの詩集（？）を彷彿とさせるものである。知的で濃密な詩句にくらくらしながら読んでいると、詩の全体が抽象的な絵画のようにも感じられる。言葉をどうにか追いかけながら味読する。知と芸術の間《はざま》から批判精神を伴って、上質なユーモアが見えてくる。

この拙い詩のお話を書いているときに、秋亜綺羅著『言葉で世界を裏返せ！』（二〇一七年十月　土曜美術社出版販売刊）が届けられた。とにかく自由奔放なエッセイ集である。「ブログ・ココア共和国」から目が離せなくなる。「セックスは何歳から？」という文章の最後に、「詩をあまりむずかしく考えなければ、ひらめきと、ときめきに満ちている、若い詩人たちは多い。」という言葉が記されている。

若い詩人と言えば、橋本シオン詩集『これがわたしのふつうです』（二〇一七年九月　あきは書館刊）と、深沢レナ詩集『痛くないかもしれません。』（二〇一七年九月　七月堂刊）を最近読んだばかりである。橋本は詩集の「あとがき」の冒頭に、「二十七歳で死ぬと思っていた。気づけば、二十八歳になっていた。」と記している。それで思い出したのが太宰治の次の言葉である。「死のうと思っていた。ことしの正月、よそから着物を一反もらった。お年玉としてである。着物の布地は麻であった。鼠色のこまかい縞目が織りこめられていた。これは夏に着る着物であろう。夏まで生きていようと思った。」。太宰の初期小説「葉」の冒頭の一節である。この小説にはエピグラフとして、ヴェルレーヌの言葉が掲げられている。「撰ばれてあることの恍惚と不安と二つわれにあり」。太宰にはこのときから、自分の生涯にわたる営為が見えていたのかもしれない。

橋本の詩集の表紙は、胎児のように見える写真が印象的である。長編詩「鉄塔の真下、のいちごのカクテル」には、母と娘の「愛」の物語が描かれている。子宮、羊水、胎児、膣……、この詩を構成する身体性にもとづくこれらの言葉が、母と娘を結びつける。別れもまた結びつきである。不安も痛みも、そして死も、愛情と臍の緒でつながっている。

深沢の詩集には、虎や熊、レッサーパンダ、芋虫、マンボウ、白い仔犬などの生き物が登場する。左腕を三枚におろしたり、カニバリズムがあったりと、ずいぶんにぎやかで、残酷な描写が淡々と描かれたりもするが、雨や雨でないものに濡れている描写に淋しさを感じたり、愛情も痛くないものも、傷みの中にしかないことを考えさせられたりする。

動物と言えば、中井ひさ子詩集『渡邉坂』（二〇一七年九月　土曜美術社出版販売刊）に登場する動物は愉快である。とても不思議な世界が展開する詩であり、何か懐かしい感じもする。やさしい言葉で語られる詩の世界に、いつの間にか引き込まれ、ちょっと寂しくなるのだが、気がつくと温かさに包まれている。

田中さとみ詩集『ひとりごとの翁』（二〇一七年九月　思潮社刊）は不思議な詩集だ。この詩集にも動物が登場するが、やはり、「翁」が問題である。

山中智恵子の歌集に『黒翁』があり、私はそれに強く反応してしまう。山中はこの歌集の「後記」に、「〈黒翁〉には、折口信夫晩年の『民族史観に於ける他界観念』に追及された、翁の翳がある」と記している。さらに、『黒翁』の前歌集『夢之記』には、「黒翁」という章段があって、その冒頭には、「咲《ゑま》ひとよそよ咲ひとよ黒翁　空より知らむ咲ひありしか」が収録されている。また、この章段の前が、昭和天皇への追悼歌、「雨師すなはち帝王にささぐる誄歌《るいか》」で、昭和天皇は、「いつしかに統《すめら》を捨てて春の筏とうとうたらりあそぶ黒翁」、「翁とはすめらなりける氷雨降り誄歌ながるるきさらぎのはて」と詠われている。

さて、田中の「翁」はどうなのだろうか。金春禅竹の『明宿集』に記されている翁の面影があるのだろうか。田中の詩の構成、言葉の配列、言葉のリズムなど、どれも不思議な感覚に導くものである。詩の表現による異界の表象は珍しいものではないが、突然現れる意外な言葉に戸惑いを覚えてしまい、極度に意識的なところがあるかと思えば、思いのままに流しているようなところもある。「後書」には、「もぐらもこだまも、口を開かずともそこに居て、口を開かずともそこに生きていることを語っているように思える。私は、口を閉ざしながら口を開いてみようと思った。そんなふうにして詩を書きたかった」と記している。

「ひとりごとの翁」は、田中のメタモルフォーゼでもあるのだろうか。異界の魂が宿る、あるいは、その通路としての「翁」を考えてみると、「詩」はそこに寄り添うものであると思われるのである。

鈴木正樹詩集『壊れる感じ』（二〇一七年二月　思潮社刊）は、短歌の挿入された詩集である。既に歌集を二冊刊行されており、短歌の創作にも並々ならぬ力を注がれている。プロローグとエピローグ、各章段の短歌を次に引用してみたい。

プロローグ
立てた刃の刃よりも早く割れる果の熟れた西瓜の重さ手にみつ

1・・・・恋
毛糸編むうなじに踊る木漏れ日の眼眩むほどの人ありて問う

2・・・・幼
吹く風に意味などなくて吹き寄せて砂丘は生まれ砂丘は動く

3・・・・心
夜という地球の陰に迷い込み遠く見上げる丸い日溜まり

4・・・・賛
掌に鱗のような棘あるを今の今まで抜きおりし夢

5・・・・再
夜を包む氷雨でさえも水なれば泥にまみれた雪も融けいく

エピローグ
鮭ならば射精の後に死ぬだろう我人なれば紅葉の森

これらの短歌が「女」の物語を内包する詩の扉を開き、また、詩の表出する情景を象徴化してゆく。詩の前に短歌が挿入されている光景に、私は何だか嬉しくなる。しかし、この試みはかなりの冒険を伴うもので、詩人たちの受け取り方はどうなのだろうかと、心配にもなるのである。

詩人の集いに参加させて頂き肩身の狭い思いをするのは、多くの詩人たちが、詩と俳句は近いけれども、短歌は遠い存在であると仰ることである。戦後には等しく短歌も俳句も否定論に見舞われたが、短歌を否定した急先鋒が、詩人の小野十三郎であったことが未だに影響しているのであろうか。いや、もっと本質的な詩の表現の問題がそこには胚胎しているのであろうが、歌詠みの私にはとても寂しいのである。

詩と短歌の融合には、詩の表現の意識に比例して難題が胚胎する。しかし、それゆえに、潜在的な可能性は想像以上にあると思われるのだ。この度の鈴木の詩的な試行を興味深く拝読したのである。

CRITICAL ESSAY

# 「シュルレアリスム」と音楽の邂逅

平川綾真智

## ●瀧口修造氏の証言

日本にシュルレアリスム理論を紹介し展開していった詩人の瀧口修造は、実験工房のメンバー秋山邦晴へと送った一九七五年八月二十三日付の書簡の中で次のように語っている。《ブルトンと音楽については問題のあるところで、彼は明からさまに書くことを極度に控えていました》《とにかくブルトンはいわゆる〈音楽〉の領域に対する個人的な弱点を意識していたか否かは別として、やはり最も本質的な契機として詩との結合を（おそらく予見的に―むしろ潜在的なものとして）考えずにはいられなかったのだと思います》《結局、私などにはまだ解決の路はありません。少なくともその契機がどこにあるかということが頭を掠めているだけです》。シュルレアリスム運動の主導者であるフランスの詩人アンドレ・ブルトンが弾劾し続けていた「音楽」領域との関係性を、晩年の瀧口が僅かではあるが考察していた事実は非常に興味深い。

本書簡は、秋山が九月から渋谷・ジァンジァンで開催することになっていた「エリック・サティ連続演奏会」への招待文と、それに付記されていた『ブルトンと音楽についての極私的研究』に対する返信として綴られたものである。秋山の『極私的研究』は一九四四年にブルトンが初めて音楽に言及したエッセイ『黄金の沈黙』を主軸として構成されたものであったようだ。秋山は、シュルレアリスム運動内で音楽弾劾の立場を貫き続けていたブルトンが『黄金の沈黙』の中では《私の個人的な気質のために》音楽に関して無関心だったと告白しながらも、突如として《音楽にしても詩にしても、愛を表現する場合ほどこの至高の白熱点に達するに適した状態はないように思われる》と表明している姿勢に大きく注目したのである。『黄金の沈黙』の中でブルトンは更に音楽のみの論及に留まらず、シュルレアリスムの詩作品における《内なる音楽》の重要性を論じており《私にとって創造的だと思われたのは、つねに聴覚言語のオートマティスムであった》とさえ述べている。しかもブルトンは「視覚」と「聴覚」の婚姻を望んでいると言及し、遂には《視覚の統一や再統一を欲しなければならないのと同じ程度に、聴覚の統一や再統一を欲しなければならない》と本エッセイで力説しているのである。フランスの作曲家フランシス・プーランクに《あらゆる音楽を嫌悪していた》[1]と証言されているブルトンの驚くべき言及の数々に秋山は、これまでのブルトンと音楽の関係性の系譜などを『極私的研究』へとまとめて、不明な点や疑問点を更に書き出し瀧口へと質問の形で意見を求めたのである。

瀧口は秋山に返信した書簡の中で『黄金の沈黙』[2]に関し次のように語っている。《両者（「視覚」と「聴覚」）を低次元で捉えれば、たちまち独善と従属という従来のステロタイプに陥る危険を孕んでいます。だから極度に形而上的で観念的にも読まれ易い文章だと思います。とにかくunifier（統一）、ré-unifier（再統一）すべきは視覚であると同時に、聴覚そのものです》。この回答は【音楽とシュルレアリスム】を考察する際に避けて通れないブルトンの音楽弾劾の立場、そしてブルトン作品の随所から垣間見えてくるアンビバレントな音楽への敬意、それらを安易な判断で断じる危うさへの警鐘を鳴らしているかのようだ。西脇順三郎を介し創設直後のシュルレアリスム・パリ・グループを知り、その生涯をシュルレアリスム運動の理論的実践に捧げた瀧口の慎重な回答。第二次世界大戦中、前衛的思想を危険視され投獄され、それでも尚シュルレアリスムの理論研究と展開に身を置き続けた瀧口の《結局、私などにはまだ解決の路はありません》という言葉。ブルトンと直接的な交流を持っていた瀧口のことだけに、その言葉は重い。「シュルレアリスム運動」と「音楽」の関係性について考察していく際、この証言の音調的な響きを軋轢の中心に鳴らし続け、徹底的な研究を持って乗り越えていく必要がある。

## ●「シュルレアリスム」と「音楽」の捩じれ

瀧口は同書簡の中でフランスの作曲家エリック・サティに関して次のように述べている。《サティの曲は、ほんのわずかしか聴いていませんが、昔からいつも気になっている存在です。おそらくサティにはまだ手つかずの〝音楽〟の或る部分が秘《ひそ》んでいるかも知れません》。瀧口がサティに関して興味を持ちながらも探究していなかったという事実は非常に興味深い。というのも瀧口が理論的実践を行い日本に初めて紹介した「シュルレアリスム運動」の【シュルレアリスムsurréalisme】という言葉は、もともとフランスで活躍した詩人ギヨーム・アポリネールが、サティ作曲の総合芸術作品『パラード』を評するために生み出した造語であるからだ。

アポリネールは、一九一七年五月十八日にパリのシャトレ劇場で初演された『パラード』のプログラムに寄せた序文『「パラード」とエスプリ・ヌーヴォー（新精神）』の中で次のように述べている。《『パラード』には一種の「シュル＝レアリスム（sur-réalisme）」が生まれた。ここに私は、エスプリ・ヌーヴォーの一連の表れの出発点をみる》《『パラード』は多くの観客の考えを覆すに違いないのだ。彼らは確かに仰天するだろうが、それは最も快い驚きであり、魅惑のうちに、今まで想像すらできなかった現代の芸術運動の醍醐味を知るであろう》。サティが作曲を担当し制作に加わったバレエ・リュス作品『パラード』は、当時最先鋭の前衛芸術家であるフランスの詩人ジャン・コクトーとスペインの画家パブロ・ピカソ、ロシアの振付家レオニード・マシーンたちが制作した革命的作品であった。創案と台本を担当したコクトーは『パラード』に「一幕の〝現実主義的バレエ（バレエ・レアリスム）〟」という副題を付けており、それを受けてアポリネールは『パラード』のことを「超‐現実主義的（シュル＝レアリスム）」と評したのである。この序文は上演の一週間前に『エクセルシオール』紙で『現代的バレエ・リュス―パラードと新精神』と題し掲載済みであり、第一次世界大戦中に上演された『パラード』がスキャンダルを起こすきっかけともなった。

　秋山は一九八六年に発表した論考『右と左に見たもの（眼鏡なしで）の思想―またはダダのなかのサティとブルトン』の中で『パラード』におけるアポリネールの序文について次のように述べている。《衆知のごとく、〝シュルレアリスム〟ということばが使われたのは、この文章のなかに登場したのが最初のケースだったのだ。その意味では、サティはシュルレアリスムの最初の作曲家ということにさえ、なりかねないではないか》。十九世紀にドイツ音楽を中心として芸術領域の頂点を極めた音楽であったが、ブルトンが《個人的な気質のため》弾劾し続けたため「シュルレアリスム運動」内で発展することは無かった。しかし「シュルレアリスム運動」の前身母胎でもある「ダダイスム運動」にパリ・ダダのメンバーとして参加していたサティが、アポリネールの創造した語に関わっているという事実があるのだ。秋山が興奮した語調になってしまうのも当然である。更に秋山は同論考内で瀧口からの返信書簡を公開した後、次のように述べている。《ピカビアならいざしらず、私信を許可なく公開してしまうなどということは、ひどく気がひけるものだ。しかし、いまは亡き瀧口さんにお許しをいただこう。それに、瀧口さんがお元気なら、すぐにでもとんでいってお目にかけたい小論文がぼくの手許にある。さきごろパリで入手してきたブルトンの未刊のサティ論である。生前のブルトンがこんなサティについての文章を残しているなどとは、誰にとってもおもいもかけぬことにちがいない》。なんと驚くべきことに秋山は音楽を弾劾し続けていたブルトンが作曲家について書いた唯一の論考とも言える『サティ論（草稿）』を旅行中のパリで寄った「サティ展」にて入手しており、シュルレアリスムとサティについての思いを益々強めていたのだ。一九九〇年に発刊された『エリック・サティ覚え書』の中で、秋山は当資料を見つけた時の詳細な様子や興奮を綴っており、実物画像や邦訳の一部を考察と共に掲載している。

## ●ブルトンとサティの関係性

『サティ論（草稿）』は、サティの弟子であるフランスの作曲家ロベール・カピーが所蔵していたもので、ブルトンが直筆で一枚に渡りサティへの称賛と自身が重要性を気づくのに遅れた後悔が率直に告白されている。パリ・シュルレアリスム・グループに詩人として参加していたカピーならではのコレクションと言えるだろう。

当資料の存在は実に刺激的である。ブルトンとサティの常なる対立は定説となりさえしていたからだ。例えば一九二四年六月十九日にパリのラ・シガル座でサティ作曲のバレエ・リュス作品『メルキュール』が初演された際、ブルトンは仲間を引き連れ公演中に《「サティくたばれ！」》とホールの中で叫ぶ暴挙に出ている。ダダイスム運動内でもブルトンとサティは常に揉めており、フランスの画家フランシス・ピカビアが『391』誌の十七号にブルトンからの私信を『わが祖父からの手紙』とタイトルを付けて勝手に公表してしまった際にも《サティの老婦人のごときしかめっ面》などの文言が見受けられる。ブルトンがダダから離れる直接的原因となった一九二二年二月十七日に行われたリラの遊園地における抗議集会で「ブルトン裁判」が行われブルトン非難が採決された際も、裁判長を務めていたのはサティであった。ブルトンの宿敵コクトーがサティを常に擁護していることも手伝って、二人は徹底的に互いを批判し合っており膨大な資料が残るほど対立し続けていたのである。実際、晩年のインタビューでもブルトンはサティについて名前を出すくらいで全く語っていないのだ。そんなブルトンが未発表とは言え『サティ論（草稿）』という弾劾相手サティを讃美する丁寧な論考を書いているのである。

瀧口がサティとブルトンの捩じれた関係を秋山の資料と共に知っていたら、どのように考察を行っていたのだろうか。ブルトンが『サティ論（草稿）』を未発表だったことも含めて「シュルレアリスム」と「音楽」には未解決の大きな溝が、やはり数多く横たわり続けているのだ。

## ●【シュルレアリスム】の初出問題

バレエ・リュス作品『パラード』を《エスプリ・ヌーヴォーの一連の表れの出発点》と位置付け序文内で《シュル＝レアリスム》と評したアポリネールは、その約一ヶ月後の一九一七年六月二十四日にモンマルトルのロリアン通りにあるモーベール音楽学校の劇場で初演された自身の戯曲『ティレジアスの乳房』を「シュルレアリスム的ドラマ（Drama surréalisme）」と命名している。そして同戯曲は更にアポリネールが序文を付け、一九一八年一月にフランスの詩人のアルベール・ビロによってフランスの画家セルジュ・フェラの挿絵付きで出版されたのである。その序文の中で、アポリネールは次のように述べている。《私の戯曲の性格を示すために、私が新造語を用いたことをお許し願いたい。それは私にとってはめったにないことなのだから。私は「シュルレアリスム的（surréaliste）」という形容詞を捏造したが》《この語は芸術のある種の傾向をかなり巧みに規定している。つまり、太陽の下にあるすべてのもの以上に新しいわけではないにしても、これまでにいかなる芸術的・文学的信条や主張を述べるのにもけっして役立ちはしなかったような傾向である》。そして、その後の箇所で次のように続けるのだ。《人間は歩行を模倣しようとして、似ても似つかない車輪を発明した。こうして、人間は自分でも知らないうちにシュルレアリスム（surréalisme）を創造したのである》。この実に有名な一文によって【シュルレアリスム surréalisme】という語はブルトンと出会うこととなった。ブルトンは『ティレジアスの乳房』の初演を観ており作品自体に対しては失望しか抱いていなかったが「序文」には強く惹き付けられたのである。また当時アポリネールの評論を書いたり講演を手伝ったりと、右腕的働きをしている自信を持っていたブルトンは「シュルレアリスム」の概念創造に自分が貢献したとさえ思っており、友人への手紙の中で次のように述べているのだ。《ぼくが『乳房』の序文に協力したといってもいいだろう》。

シュルレアリスム研究者として著名な塚原史は、この『ティレジアスの乳房』の中で用いられている《シュルレアリスム（surréalisme）》を【シュルレアリスム】の初出例であると指摘している。『パラード』の序文では《シュル＝レアリスム（sur-réalisme）》となっており「超＝現実」と接頭語の「超」がはっきりしていたことに対し、『ティレジアスの乳房』では《シュルレアリスム（surréalisme）》つまり「超現実」と完全に新造語として立脚していることからも、この指摘は正しいと言えるだろう。一九九七年に発行された『アヴァンギャルドの時代　一九一〇年―三〇年代』の中で塚原は、前述した『ティレジアスの乳房』の一文を引用し次のように述べている。《この、あまりにも有名な一文が「シュルレアリスム」なる語の最初の定義であることは周知の事実だ（surréalisme という新造語自体は、五月十八日に上演されたコクトーのバレー「パラード」のプログラム中でアポリネールが、コクトーの「レアリスム」を指して、はじめて用いた語 Sur-réalisme が起源になっているが、この時はまだその内容はあきらかではなかった)》。アポリネール研究者として著名なフランスの学者Ｌ・Ｃ・ブルニッグも「パラード」のトレ・デュニオン付きの《シュル＝レアリスム (sur-réalisme)》は、コクトーが提示していた「レアリスム (réalisme)」の作品内における理解の不十分さを強調するために使用された意味合いがあり、『ティレジアスの乳房』で使用されている《シュルレアリスム (surréalisme)》との間には意味的拡張があると考察している。[*3]

一方で前述した秋山など『パラード』の序文を「シュルレアリスム」という言葉の最初の例としている研究者も多い。フランスで活躍するサティ研究者であり「エリック・サティ協会（財団）」の初代会長でもあるオルネラ・ヴォルタは一九九四年に邦訳版が発行された『サティとコクトー　理解の誤解』の中で『パラード』序文について次のように述べている。《アポリネールは同じ解説の中で、コクトーに対するこうした平凡な表現とは別に、この作品を「ある種の超 - 現実主義的（シュル＝レアリスム）」バレーと名付けてもいるのだ—実は「超現実主義（シュルレアリスム）」という言葉はこの時に生み出されたものなのだ》。実を言うとアポリネールは『パラード』初演から三日後の一九一七年五月二十一日に振付を担当したロシア・バレエ団のマシーンへと宛てた書簡の中で次のように述べているのである。《振付けと音楽は、この上なくシュルレアリスムな芸術なのです》。また未完であり宛先不詳の『「パラード」における立体派』[*4]と題された書簡の中で、アポリネールは《このシュルレアリスム的仕事》とピカソの営為を評しているのだ。『パラード』によって為された営為はトレ・デュニオン無しの「シュルレアリスム」として既に評され、造語の新たな立脚した一歩を歴史へ確かに踏み出していたのである。

【註釈】

*1 Francis Poulenc,Moi et mes amis; LaPalatine,Paris-Genéve,1963

*2 () 内は平川付記。

*3 L.C.Breunig《Le sur-réalisme》, La Revue des lettres modernes,Minard,1965

*4 《Le Cubisme et<Parade>》

CRITICAL ESSAY

# 在の不在、不在の在

## ――『狂風記』とともに　1

玉城入野

大病をして、入院治療に六か月ほどかかり、その間のいつ頃だったか、ふと小説を書きたいと思ったとき、はじめに思い浮かんだのは、何人かの若い男たちが、それぞれの生きる土地で快活に走っているイメージだった。彼らは、実の兄弟というわけではないのかもしれないのだが、遠く離れた土地にいながら、精神的に通じ合っていて、その中の誰かが何か危機的な事態に陥ったとき、すぐに他の男たちが遠いところから助けに来る、というような明るい活劇が、私の頭の中を駆け巡っていた。一人はアメリカにいて、一人は下北沢の線路跡の連絡通路を駈け抜け、一人はなぜかラーメン屋を営んでいる。他にもたくさんの女たちが出てきて、何かあれば、どこからともなく現れて、いつでも男たちを助ける心構えが出来ていた。危機的な事態がどんな事態なのか、何かあればの何かとは何なのか、そして、彼ら彼女らに危害を及ぼす敵は誰なのか、そういったことは何一つ決まっていなかった。

この人物たちは、精神的に繋がってはいても、一人一人、話す言語が違っていて、むしろ、同じ言葉を話さないからこそ信頼し合っているということにしても面白いかもしれない、と考えていた。そうすると、逆に同じ言語を話す者が敵になるのかとか、語学が不得手な私が何カ国語も駆使して書くことはできないから、小説としては難しいかもしれないなどとも思った。異なる言語を話す者同士が信頼し合う、というモチーフは、二〇一一年の東日本大震災以後、長く私の中にある。実際にそういう体験をしたわけではないのだが、例えば、日本語に於いても、同じ国の言葉とはいえ、共通言語だから必ず分かり合える、というのは幻想に過ぎないし、逆に幻滅してしまうと思われる状況が、震災以降、この国で強まっているような気がして、そんなことを思うのかもしれない。このことに関して、ずっと思い抱いているイメージがある。それは、世界戦争のさなか、敵同士であるはずの二人の兵士が、森の中で出会い、軍服で相手が敵であることを悟り、発する言葉も違って、意志の疎通ができないのだが、しかし、だからこそ、却って、二人は信用し合い、異なる言語で語り合いながら森の中を歩く、というものである。ここでは、味方であることは、もはや敵である。これは、もしかしたら、十九世紀のイギリスの作家、マリアットの小説『ピーター・シムプル』に出てくる兵士同士の会話の場面から思い浮かんだのかもしれない（もっとも、この二人の兵士は味方同士であるのだが）。あるいは、小松左京の短篇『なまぬるい国へやって来たスパイ』の、A国とZ国が交換スパイ制度を長く続けているうちに、それぞれのスパイ網が遂に相手国の国家社会全体を覆い尽くしてしまい、「A国の、国民全部が、Z国のスパイ」で「Z国の国民は、すべてA国のスパイ」といった事態に陥るという物語の影響もあるのかもしれない。「これではじめて相互に安心できるようになったわけだ。おたがいに相手の国のことは、相手国よりも自分の方がよく知っている。相手国の国政方針をきめるのは、こちらの方で、こちらの国政をきめるのは、むこうの方だ――これなら、へたに相手をうらぎることもできない」という空想は、はたして荒唐無稽といえるだろうか。また、最近、中原昌也が、この国の政権を担う権力者やそれを支持する者たちに対して「言葉がわからない外国の人たちの気持ちのほうがわかる気がする。言葉が通じなくても、まだその人たちの気持ちのほうがわかるなって感じですね」と言ったというのをインターネット上で読んで、やはり、同じように感じている人がいるのだ、と思ったのだった。

さて、退院した後も、私は、小説を書きたい、という思いを抱き続けている。その作品は、まだ一字も書き始められてなどいないし、この先も、ずっと書かれないままなのかもしれない。それでも、私は、入院中に思いついた構想を、時間をかけて膨らませていき、命を吹き込んでいこうと考え、十年ほど前に読んだ石川淳の『狂風記』を手本にすることを思いついて、再び読み始めた。なぜ、『狂風記』なのか。ほとんど直感である。当時、とにかく面白いと思ったのは確かなのだが、正直、内容は全く覚えていなかった。ただ、がらくたが高く積み上がった山の裾野を、骨を探して歩いている男が、そこで、ある女と出会って語り合う、という冒頭の場面が、鮮烈な印象として記憶に残っているばかりだった。そして、今回、改めて読み直してみて、以前にも増して面白いと感じたのだが、これほど面白いのに、内容を忘れてしまっていたこと、内容を忘れているのに、ずっと面白いと思い続けていたことが、なんとも不思議である。いや、こんなことは不思議でもなんでもなく、よくあることなのだ。私が最も驚いたのは、私が本当に書きたい、書くべきであり、未だ書いていない小説が、すでにここにある、ということだった。むろん、私が書きたい小説を石川淳が先に書いてしまっていた、などと身のほど知らずのことを言うつもりはない。そうではなくて、『狂風記』は、大病を発症する前後から現在の私をめぐる状況の何たるかを考える、大きな手掛かりを与える小説のはずであり、それはまた、私を未来へ導く小説のはずだと想像できることであり、すなわち、いまの私にとって、最も理想とする小説である、ということなのだ。これは、ひどく極私的な書きぶりかもしれない。だが、私というのは、私だけに止まらない、ということの謂いに他ならない。私は、私一人では成り立たないのだから。

途方もなく大きい木が一本、だいぶまえから日でりにも風雨にも野ざらしになって、大枝も小枝もなく、葉の一つすらなく、手足をぶったぎられた巨人の胴体が泥まみれに、ほとんど血まみれに、投げ出されたというけはいで横倒しになっている。胴体のなかばは腐蝕した物質の中にうずもれている。根はまだ残っているのか、すでに伐りとられたのか、かくれていて見えない。なんという木か、この木の描写から、『狂風記』は始まる。木は、もはや死んでいるのか、それでもくろぐろとした幹はうなりを発するまでにすさまじく、あおむけにのけぞっている。木が落ちかかっているのは、平地ではない。紙屑から錆びた自転車、ぶっこわれの冷蔵庫、ぽんこつのカー、猫の死骸、犬の死骸、もしかすると行きだおれの人間の死骸まで下積になっていても不思議でなく、その他ごたごた、やけにぶちまけたのが高く盛りあがって、それは廃品の山である。そのてっぺんに、ずっしりとわだかまった大木のすがたは、おのずとにらみがきいて、この山の主といういきおいの、殺されてもくたばらぬ貫禄に見えた。生きているのか、死んでいるのか。堂々たる姿が存在していながら、そこに存在していないということ。すでに存在していないかもしれないが、それこそ、殺されてもくたばらずに、存在し続けるということ。この木のありようこそが、これから始まろうとしている『狂風記』の、全てを表している。

山の下の、ゴミの散った裾野のけしきの中に、シャベルで山の裾を掻きまわすように掘っている若い男。マゴである。彼のシャベルが掘りかえしたさきに、「なにするんだい、ドスケベ。」と声があがり、屑の中の、ドラム鑵のかげから、はだかの足が出て、女が跳ねおきた。ヒメである。二人はこうして出会い、ここで何をしているのか、互いに尋ねる。

「おれは死んだやつの中でも、生きてる屑よりも以下の、屑の中の屑というやつをさがしあてたいとおもってるんだ。おまえみたいなやつに係り合っているひまは……」

マゴがつぶやいて、去っていこうとすると、

「お待ち。」

ヒメの声は、踏み出した足をとめさせたほどつよくひびいた。

「そういう屑さがしを、あたしはさがしてたんだよ。も

のは使いようで、おまえでも使いみちがあるかも知れないね。おまえ、とんだ運のいいやつだよ。晩においで」

この日の晩にもう一度会う段取りをつけると、ヒメはかなたの町のほうに消えた。何の仕事なのか、マゴは、ヒメに雇われることになったのである。

マゴがこの地上にうろつく場所はきまっていた。ここに見上げる廃品の山である。この巨大な山の麓にうろちょろして、昼はシャベルで掘りかえし、夜は廃品をねぐらにしている。そこに目的はあるのか。そう、まさにそれはある。骨。白骨。死者の骨。その死者の骨をさがすという目的である。白骨を探すという秘密は、マゴが幼年のときに見た家の系図からはじまった。彼が生まれたのは、ここから遠い山村で、むかしは大きい家と聞いたが、すでにぶっつぶれの小屋であった。そして、彼のおやじというのが、とぼしい食いものを詰めても系図だけは飼いごろしにしていた。この巻物をひろげてみると、先祖代々、何助何作と無粋な名前がごたごたつながった途中に、下からかぞえて何段目か、茂助と記した名に添えて、絵ともいえない、なにかもののかたちが描いてあった。石にも骨にも似ている。マゴはそれを骸骨のかけらと見たが、おやじは歯だといった。これはなにものなのか。また、このしるしが、どうして茂助のところだけに、わざと刻印を打ってあるのか。マゴはそれっきり興味を失ったが、おやじは、なにかといえば骨が骨がであった。というのも、昔は、ほんものの白骨のばらばらになったのが何本も裏山に祭ってあったのに、その裏山はとうに人手にわたって、骨は一本残らずどこへ行ったのやら、やがて畑も倉も消えて、小屋一つに落ちたのは、みな骨をうしなったせい、あるべき骨がなくなったせいだと嘆きながらも、せめてその骨のかけらでも見つければ、すぐに大きい家が立ちでもするかのように、骨を追う夢の中に執念はつよく生きていた。そのおやじがある日、村から出て行った。系図を持って、骨さがしに出たのだ、とマゴは思った。そのうち、おふくろが死んだ。焼場での骨揚のとき、箸ではさむそばからぼろぼろにくずれて、もろい鉱物の屑のようだった。この頼りない、ろくでなしの屑が人間の骨であってたまるか。人間の骨といえば、火の通らないナマの白骨。そいつは肉にくるまれ皮につつまれて体内にある。目に見えなくても、それはある。おやじはわれとわが体内にある白骨をさがしに出かけたんじゃないか。この考はぴったりマゴの体内に、そこにある白骨に応えた。マゴは、おやじをさがしに、そのおやじがさがしているにちがいない白骨をさがしに、家を出て、旅をつづけた。

退院して、だいたい半年が近づいたあたりだっただろうか、仙台市に住むある年配の女性—O女史—から、父方の祖先の地である、宮城県の岩出山にあるはずの、玉城の家をついに見つけたから、一緒に行かないか、と言ってきた。父は仙台に生まれたのだが、長らく本籍は玉造郡岩出山町にあった。そこに、会ったことのない親戚がいることは、何年か前から知ってはいた。それも、O女史が私に教えたのだ。彼女は、歌人であった父のもとで短歌を作っていて、また舞踏家でもあり、同郷のよしみというのか、父とは親しくしていたようである。父が他界して、その翌々年、つまり、震災から一年後に、仙台で、私と妻は、O女史に会った。父の葬儀のとき以来である。そのときからすでに、私たちは、いつか、一緒に岩出山に行こう、と話していたのだが、それが、ふいに実現することになったのである。今回の病気で、遺伝子というものを、いやがおうでも意識させられることになり、なかば命拾いをしたように退院した後、自分が意図しないうちに、祖先の地に導かれようとしていることに、私は、なんともいえない不思議な心持ちがした。

岩出山町で、父祖の地を守り続けているのは、Y氏とその妻のTさんだった。二人とも、すでに仕事を勤め上げ、Y氏は、自宅で病気療養をしている身であった。全くはじめて会う、顔も知らない者同士が、玉城という姓一つで、何かを疑うこともなく、親戚として、どこか懐かしさを覚えながら対面するというのは、奇妙といえば、奇妙であった。それも、O女史の仲立ちがあったからこそだったのだろう。私たちは、ベッドの上のY氏を囲むようにしてすわり、しばしの間、言葉を交わし、一緒に写真を撮ったりなどした。その後、病身のY氏をあまり疲れさせてはいけないと、Tさんにいざなわれて、家の敷地内にあるという神社を見に行った。あざやかな赤い鳥居の上の神額に「玉造神社」とあった。Y氏とTさんは、この神社をずっと守り続けているのである。ただ、この神社も家も、街の区画整理に遭い、今ある場所に建て替えられたものだった。父の曾祖父が神主だった、ということを知ったのは、父の歌からだったか、母からも聞いていた。そのことが、急に現実感をもって、私の目の前に現れた。そして、小さな社に入ると、Tさんは、壁に立てかけてある古いモノクロの写真を、私たちに見せた。そこには、十二、三人ほどの人が、もともとの本殿らしき建物の前に立ち、老女と若い女性と中年の男性の三人が前にしゃがんでいた。まるで、強い日差しに目を細めているかのように、一様に険しい表情をして、誰一人、笑っていなかった。その写真には、何か言い知れぬ力が籠もっていて、なまなましく私に迫ってくるようだった。中央に立っている、大柄で、いかにも壮健な男性が、若かりし日のY氏、その前にしゃがんでいる女性が、Tさんだという。そして、Tさんの左隣りに写る女性が、伊達家のお姫様だというのである。あの伊達政宗の、伊達家である。伊達家と玉城家に、そんな縁があった。これは、いったい何なのだろう。系図や系譜というものに、まるっきり関心がなかった私が、岩出山という地に辿り着いた途端、玉城の家の歴史を、目の当たりにしている。とはいえ、分かったことなど、まだ何一つないのだ。父の曾祖父が神主で、そこから、何がどうして、私の祖父はマルクス経済学者になったのか。曾祖父も、祖父も、彼らを敬慕していた私の父も、もはやいない。にもかかわらず、ここに来て、彼らの存在を強く感じているというのは、どういうことだろう。

その後、同じ町の、八幡神社の、これを境内というのだろうか、それはもう山であり、森でもある傾りを、私たちは登り、玉城家代々の墓というものに、はじめて対い合った。そこには、樅ノ木群と呼ばれ、天に向かって果てしなく伸びるようにして、何本もの樅ノ木が鬱蒼と群生していた。木々の偉容は、ここに入るものを簡単には受け入れない厳しさを隠していなかった。湿りを帯びた枯葉の下のやわらかな土を踏んで、私は墓に合掌をした。この土の下に、何代にもわたる、私の先祖の骨が、白骨が、埋まっているのだ。先祖とはいえ、私の全く知らない者たちの、骨。祖父の地、先祖代々の墓というものに、それほどの興味を抱いてこなかった私が、今ここにいるというのは、一応は末裔ではあろうが、奇縁としか思えなかった。それでも、これを機に、玉城の系図を見たいという気にはなっていない。曇った空を見上げると、何本もの樅ノ木が、私たちを取り囲むようにして、聳えていた。これらの木々こそ、骨なのではないか。そう、骨だ。私はそう思って、めぐりを眺めまわした。『狂風記』の大木のように、倒れてこそいないし、ここはがらくたの山でもない。だが、この山の森が巨大な墓地なのであり、樅の古木は、太い骨なのだ。

〈参考資料〉

石川淳『狂風記』上・下（集英社、一九八〇年。集英社文庫、一九八五年）
マリアット『ピーター・シムプル』上・中・下（伊藤俊男訳、岩波文庫、一九四一年）
小松左京『コップ一杯の戦争』（集英社文庫、一九八一年）
「SPA!」二〇一七年一〇月一〇日・一七日号（扶桑社）
『玉城徹全歌集』（いりの舎、二〇一七年）

＊本稿には、『狂風記』の文章を多く引用しているが、その度にカッコで閉じたり、註を付したりせず、地の文と同様に記述している。石川淳と私の文の区別は、巧拙からおのずと判然とするだろうが、どうしても気になる読者は、原典と照合していただきたい。

また、『狂風記』の初版の表記は、歴史的仮名遣い、正漢字だが、読みやすさを考慮して、ここでは文庫版の表記に従っている。

# 深海を釣る

池田　康

## 一見バラバラに見える偶然の出来事に何かのつながりがある気がした……映画「野いちご」より

おい、このコーナータイトルはなんなんだ。「深海魚を釣る」の間違いではないか。実のところ、最初は「深海楽を釣る」にしようと思っていた。「洪水」誌の最後のほうで宗教的領域や心の深層に通ずる音楽の探求に傾いていっていたので、引き続き音楽と、さらに美術や文学など諸芸術に対象を広げて深海探査をしようと考えたわけだが、なぜか勢い余って「深海を釣る」としてしまった。深海が釣れるわけない、引きずり込まれて泥の底に沈下埋没するのが落ちだ。そこをうまく逃れて失敗談や遭難ルポでもお届けできればまずまずの釣果ということになるのだろうか。

この秋、ちょっと時間をかけて研究《スタディ》していたのがドラマ&映画監督の大根仁《ひとし》で、どうしてそんなことになったのかの経緯を言うと、九月に「奥田民生になりたいボーイと出会う男すべて狂わせるガール」という映画が公開され、奥田民生の歌がどのように活かされているのだろうとの興味から観てみたのだが、その後キャストへの関心からＤＶＤで「SCOOP!」も観た。どちらも大根仁監督作品。丁度そのころ小笠原鳥類さんから「ユリイカ」に詩を書いたので見てチョウダイというなにかのついでのメッセージをもらい、その「ユリイカ」10月号が大根仁特集だったわけで、こういう意味ありげな偶然には逆らえない、購入してかなりどっぷりと漬かったという次第。この人の映像クリエーターとしての出自は深夜ドラマなのだそうだが、それらの作品は近所のレンタル屋で簡単に見つかるものではないから、とりあえずメジャーな作品を観ていった。結論から言うと「モテキ」（ドラマ版&映画版）がこの監督の個性が最も激しく炸裂している作品ということになりそうだ。久保ミツロウの漫画が原作。これと比べると「SCOOP!」はよく出来た〝普通〟の映画作品だし（裏道の暗さは相当に出ているが作風的にはアブノーマルの魅力はさほどない）、「奥田民生…」もドラマ「まほろ駅前番外地」も風変わりなところ強く輝くところはありつつほどよくまとまっている。「モテキ」はどこかモンスター的なところがあって、腹にガツンと来る。独特な〝青春〟の絵巻物なのだが、型破りな生々しさが迫力となっている。それにしても大根仁を取り上げて「深海」が語れるものだろうか。サブカルチャー専科の作品群はむしろ表層の面白みが主になるのではないか。この「深海を釣る」コーナーはのっけから失敗に瀕しているのではないかと我ながら危惧するのだが、もしなにか語れるとすれば、欲望の素直な成就という点だろう。欲望の直立。きわめて具体的に言うと、美女をその美女性において（あえてそこを強調して）撮る、というストレートさ。この直情径行はやりたくてもなかなかやりきれないだろう。しかしこれは五十秒で興味の対象をただ撮る、できるだけきれいに見事に撮る、という掌編作品をたくさん創ったリュミエール兄弟の姿勢に通じるものだ（映画「リュミエール！」ご覧下さい）。見たいものを見る、凝視する、という行為の根にある素朴な深海性。非常に語りにくい性質のものではあるが……。もう一つ、大根作品に特徴的なのは音楽だ。自分の気に入った楽曲を随所に配置するのだが、それらは確実に〝棘〟として機能する。棘が刺さったときその尖りの先が心の層のどこまで到達しているのか、見かけほど浅くないかもしれないと憶測するのだ。

＊

　久しぶりに清原啓子の作品に会った。いや以前にオリジナル作品を観たことがあったかどうか、もう覚えていない。もしかしたら印刷されたものだけだったか。久生十蘭の本のカバー絵に使われていたことは覚えているし、目黒区立美術館が一九八九～九〇年に開催した「清原啓子―銅版画の神話」展の図録的な小冊子も持っている。これが手元に残っているということは、展覧会を観たのだったか、いや、この時期は関東に住んではいなかったし、観ていないような気がするのだ。小冊子だけ手に入れて後生大事に愛蔵していたのだろう。とにかくそれ以来この銅版画家の名前は深く記憶に刻まれ、その作品のイメージはわが心の時計塔に憑くようになったのだった。この秋、八王子市夢美術館が清原啓子展を開催していることを新聞で知り、ぜひ行きたいと思ったが、八王子は遠い、いつ行けるのか、怠惰で見逃すのではないかと気が気ではなかった。それが、十一月二十日に作曲家の新実徳英さんの古稀の祝賀会があり、その翌日の午後の国分寺近辺での句会に平井達也さんから誘われたので、都内で一泊して二十一日の午前に八王子に赴くという計画が問答無用の必然の台本となったのだった（つまりはこれも意味ありげな偶然なのだが）。

　一九五五年生まれ、一九八七年に三十一歳で死去（誕生日前の死だったのでこの年齢となる。上述の目黒区の展覧会は死のわずか二年後だったのだ）。制作期間十年の間に残した作品は三十点。そのすべてと、下絵の鉛筆画が観られる理想的な回顧展だった。確固と静まったエッチング本作品と精巧で正確ながら動き出しそうな鉛筆画を並べて観られるのは刺戟的だった。前者が活字で印刷されたテキストで後者がそれを朗読するやさしく柔らかい生の声のような気もした。制作ノートも展示されていて、几帳面な字で一日のどの時間帯にどんな作業をするかが細々と記されていて、その日の彼女のアトリエに連れていかれるようで胸苦しくなる。この美術家にとって平凡な一日の刻々がどういうものだったかわかるような気がした。

　一九七〇年代の作品はどこかやや物足りなさを覚えるものもいくらかあるが、八〇年代に入ってからの作品は非の打ちどころのない完成度を示していて、言葉もなく見入ってしまう。言葉もなく、というのは絵の側に移れば逆で、言葉がありすぎるくらいにモノクロの細微な形象たちが無数の奇妙な謎を語っている。深遠な物語が絵の中に潜んでいるように錯覚される。「今は物語り性の絵など、タブーの様だが、わたしは時代錯誤と思われても、絶対にそれでいく……」（『清原啓子作品集』阿部出版）と清原は語ったそうで、濃厚な物語性については自覚的だったのだが、とりわけ彼女が惑溺したのが久生十蘭と三島由紀夫であったようで、十蘭には代表的大作「久生十蘭に捧ぐ」「魔都」等を捧げており、三島に関しては「近代能楽集」をテーマにした作品を構想していたが死に邪魔されて実現が叶わなかった。二人の作家の、筆致の正確さ克明さ、その眼差しが解剖する世界の内奥の陰翳、宇宙を一顆の胡桃の中に凝縮するかのような魔の眼力に共感、憧憬したのだろうか。「造形美術の様々な表現のうちでもエッチングは最も文学表現に近接する」とボードレールは言ったそうだが（江口祐輔「清原啓子の十蘭」、『清原啓子作品集』阿部出版）、たしかに清原啓子の作品はその銅版画の特性を最大限に拡充していると言え、この画が物語の全体を凝縮する最後の景だとしたら一体どれほど厖大な頁がめくられ読まれてきたのだろうと空恐ろしくなる。しかしこの過激に凝集された構図の交感は、物語を云々するよりも、いっそ「詩」と言ってしまうほうが簡明なのではないかと思う。これは絵で描かれた詩であり、そうした性格の絵画作品として最も純度高く鮮烈に結晶した奇瑞の作だ。きわめて明晰に形象化された前人未到のポエジー。率直に呟いてみるなら、たとえばデュシャンの「大ガラス」などよりも、名声はともかく、内実的には高度な達成を成し遂げているように思われるのだ。デュシャンの作品では夢みられた詩の断片が集められつつある程度だが、清原作品はすでに完璧な詩を形成し終えている。完璧すぎて気味が悪いくらいに。

絵を描くためには、描かれる絵が見えていなければならない。どうしてこの絵《イメージ》が彼女に見えてしまったのだろうと、見え過ぎる目の度を超した霊力に驚きと当惑を覚えるが、この見え過ぎる目のために、清原啓子の生が三十一年で終わったのだとしたらどうだろう、芸術に携るとは大なり小なりそういう経路にならざるを得ないのか、生の果ての死を生の側へ引きずり出そうとする冒瀆の企てはそれなりの見返りを求められるのか。

清原啓子の一九七八年の作品に「リチャード・ダッドに」があり、一九八〇年の作品「Dの頭文字」の「D」もダッドを指すと言われている。

リチャード・ダッドは一八一七年英国ケント州チャタム生まれ、一八八六年没。若いころから画才の誉れは高かった。絵の仕事で中東・北アフリカを旅行するうちに精神に異常をきたし、帰国すると父親を殺害、フランスに逃亡したが捕まり、死ぬまでの四十二年間を母国の精神病院で絵を描いて過ごした。悲運の画家。残っている作品は水彩が多いようだが、二大代表作とされる「お伽の樵《きこり》の入神の一撃」は油彩。前者は「対立・オベロンとティターニア」と「お伽の樵の入神の一撃」は油彩。前者はシェークスピアの「真夏の夜の夢」の一場面を描いたもので、後者は画家自身の幻想の物語に拠り、妖精の樵が斧を振り上げハシバミの実を割ろうとしている瞬間を描いている（このハシバミの実はなにを象徴しているのだろうか……）。どちらもそれほど大きい絵ではないが、「対立」は五年、「お伽の樵」は一説によれば九年かけてゆっくり丹念に描かれたもので、彼の他の作品と違い、この二枚は構図のリアリズムを放棄し、時空の遠近法が善悪や愛憎や欲望や物語の遠近法と絡み合い融け合うような感じでこの世のすべてがこの一枚の中にあるといった趣を結実させている。リチャード・ダッドの画集としては、日本では、岩崎美術社の夢人館シリーズ第八巻がある（小柳玲子さん編集の労作！）。以上は、河村錠一郎「清原啓子とリチャード・ダッド」（『清原啓子作品集』（阿部出版））をも導きの糸としつつダッドの作品名は夢人館画集に従った。

清原啓子は世界という神秘の劇を一枚に凝縮するこの絵画の秘法、いわば「妖精学」を、リチャード・ダッドから学んだのではないか。生と死が融け合う、出入りする、一触即発の決定的瞬間で止まる、そんな魔法が可能になる作品平面をどう創出するかのコツが、ダッドの絵を凝視しているうちにおのずと伝わってしまったのではなかったか。夢人館8の画集の「お伽の樵」の作品解説に「神秘的な空間」「魔法界」という言葉が出てくるが、これはそのまま清原啓子の作品にも使える表現だ。生の永遠の劇が凝縮され、静止し、沈思する（どの作品も考えている風情がある）――そこに絵の神話の魔法陣が成立する。

来年の話をすると鬼が笑うというが、それは明日をも知れぬ命がそんな先の予定をよくも当然のこととして話すよ、という笑いであり、鬼は死の国を司る獄吏であるから生死の境をまたぎ出入りする術に精通している。鬼の影は清原啓子の裡にやってきた。平凡な明日も特別な明後日も語らない清原作品を鬼は笑わない。夢のような泡沫《うたかた》のような生の移ろいを睥睨する鬼の相貌を彼女の作品に認めることは可能であろうし、だからこそ三島の「能楽」に惹かれたのだろう。

清原啓子の作品は詩のようだと書いたが、『清原啓子作品集』（阿部出版）に載る彼女の所蔵していた本のリストに詩集はほとんどない。わずかにキーツ、ランボー、ボードレール、その他数名が見つかるくらいだ。しかし彼女自身詩のように改行された言葉の断片を残している。その一つに「銅版画という世界／この　小細工を尽くした狭いジャンル／／ミクロからマクロへ／限りなく　繊細に　痙攣していく／天上界の雫／堕天使の羽毛の破片／雪崩の様に　せめたてるもの／堕落／地上へと　地下へと／／少しずつ　わかり始めた／この世界の／精巧なシステム」（同書）という一節があり、銅版画の仕事についてどう考えていたかがよくわかる。またこういう興味深いものもある、「久生十蘭　ハムレット　ルドンの黒　ぬめぬめと光るビロードの黒／ダッドの狂気　ナジャ　バタイユの祈り　虚無への供物／パランプセスト　ド・クウィンシー　夢の宇宙誌　セラピムのその光る翼／他に　なにか　忘れただろうか／愛したものの数は　たかが知れている」。

美術出版社版の『清原啓子作品集』には、種村季弘が無時間＝「黒の幸福」からこの世への墜落、天使の（この世でのかりそめの）ヤドカリ、ということを印象深く語り、また古川勉（啓子の実兄）が埴谷雄高「死霊」への親炙や密教の秘儀との接触について証言していて参考になる。同書で池田満寿夫は「創生と世の終わりとが、西洋的な人工庭園のなかで確実に不吉な様相を呈してくるのだ。一種の魔界が清原啓子ののっぴきならない領土になる。天使と悪魔がつくりあげた人工楽園。「領土」「久生十蘭に捧ぐ」「魔都」は追いつめられた果ての一つのピークとなる作品である」と記している。「ピーク」を越えて、更に次のステージを見出すことはかなわなかったのだろうかと、どうしても考えてしまうのだが、残された至上の作品を措いてそんな妄言を列ねるのはそれこそ「鬼が笑う」軽挙であろう。

*

鬼の出入りといえば、イングマル・ベルイマン監督の代表作「野いちご」。主人公の老医師は映画の冒頭で悪夢に苛まれる。とんだ鬼の茶番劇、自らの死の姿が突きつけられるのだ。そこから彼の生を取り戻す旅が始まる……。

この映画を春にＤＶＤで観たのだが、夏に「家族はつらいよ２」を観るとその中でちらりと「野いちご」に言及する場面があり（北欧旅行に行く吉行和子演じる富子が口にする）、おや、と思った。この山田洋次作品は死者が出てくる変り種の喜劇で、死に焦点が当たる点で通じるものがある。そして秋には野村喜和夫著『哲学の骨、詩の肉』（思潮社）を読んでいたらやはりこの作品とおぼしきベルイマン作品に話が及び、おやおや、となったのだった。この意味ありげな偶然に促されて、冬の現在、こうして「野いちご」を論じているという次第だ。おやおやおやおや。

『哲学の骨、詩の肉』は詩と哲学の間にどんな交わりが可能かを探り考える評論の書だが、問題意識としては、プラトン以降西洋哲学では二千数百年にわたり哲学は詩と全く別なものとして営まれてきた（想定された真理の様態が詩表現を拒んだ）が、ニーチェ以降、ハイデガー、デリダと、哲学の言葉が詩の領域に敢然と踏み込むようになる、それはなぜか、なにが起きているのか、を考究しようとする試行で、ツェラン、ランボー、ルネ・シャールといった詩人の作品や詩法も参照され、野村氏の詩人としての半世紀の歩みを貫く生きられた思考がこの書の大胆な展開の裏付けとなって論旨のうま味を作っている。

たしかにニーチェやハイデガーが哲学者として詩の領域に踏み込んだことは異様とも言える光景であり、その経緯を問いたくなるのだが、ハイデガーが（現象学にあきたらずその制約を超えるという決断とともに）ニーチェの方法のある部分を継承したとすると、ニーチェはショーペンハウアーの思想の影響を強く受けていたのであり、ショーペンハウアーがおのが形而上学の見取り図の要所に音楽をもってきたのが大きかったのではないかと思われる。数学ならともかく音楽とは。なぜそんな妙なことになったかと考えるに、一つの要因としては、彼の同時代、十八世紀末から十九世紀前半にかけてのモーツァルトやベートーヴェンを中心とする近代音楽の発展が非常に高いピークを築いたということがあっただろう。ショーペンハウアーはそれを鋭く感受し、説得されてしまった、これらの音楽の言葉は哲学の教科書や理論書の言葉より深い真実を語っていると感悟したのではないかと憶測する。後世の思想家もその点は同様で、ニーチェもキルケゴールもアドルノも音楽に精通し無双のマニアだったのだ。さてそれではなぜ十九世紀前半に近代音楽が奇跡的達成を成し遂げ得たのかと考えるに、音楽史の内的経緯はいろいろあるだろうが、外的要因として挙げたいのが、ウィーンの繁栄、ハプスブルク帝国の富と秩序という歴史的事実だ。大英帝国の隆盛がアメリカという鬼子を生み出したように、ウィーンの夢想、ウィーンを中心とする大帝国の豊穣が近代音楽の高層建築の誕生に資したのではなかったか、と考えてみたいのだが、これはまた別の話になるだろう。

「野いちご」というタイトルだが、この語をタイトルにもってこなければ、野いちごは一エピソードの小道具として軽く見過ごされる程度であり、どんな意図でこのタイトルになったのかが知りたくなる。野いちごとはなんのメタファーなのだろう。『哲学の骨、詩の肉』でこの映画が言及されるのは最終章の隠喩と換喩を論じた箇所なのだが、かりに野いちごが青春時代の生の光輝とその喪失を表すと取るとしたら、これは換喩なのだろうか隠喩なのだろうか、レトリック学者ではないので詳らかにはわからないが、プルーストの小説におけるマドレーヌに近い触媒的(巫術的)存在ではあるようだ。

双葉十三郎著『外国映画ぼくの５００本』(文春新書)はこの映画について「潜在意識の映像化という手法を用いた人生観照ドラマとして最高峰をきわめたものといえる」と記述しており、このあたりが定評なのだろうか。制作は一九五七年で、この頃はすでにカラー映画も撮ることができた時代だが、この作品はモノクロだ。ボードレールの言葉を敷衍すれば「モノクロ映画は最も文学表現に近接する」ということになるだろうか、コクトーのオルフェしかり、色がついていないと鬼も出入りしやすそうだ。

主人公の男がたどる旅路の出来事はストーリー上はどれも偶然に満ちたものだが、台本はもちろん作品意図の必然の上に構築されている。この表裏の関係も物語芸術の性質の面白いところで、「モテキ」にしたってこの主人公の若い男はなぜこんな愚行やありえない失策をやらかすのだろうと観客は呆れ果ててしまうのだが、こういうシーンが撮りたい、こういう図絵にもっていきたいという制作者のたっての希望で話の筋が盆栽のように反自然にねじ曲げられる、ことほどさように勝手な必然が方便の偶然を要請するのはドラマの常であり本質に属することであり、実生活においても人は意味ありげな偶然に台本の必然を読みたがるものなのだ、得てして。

# 約束の場所から（熊本のために）

広瀬大志

なくならない
いなくならない

ひかりはいつもあたらしい
うまれるむかしからずっと
だから
なくならない
いなくならない

かぜをすいこむと
からだのなかでおとがなる
だから
なくならない
いなくならない

手があたたかい
目があたたかい
声があたたかい

poemuseum

やくそくはつづいている
それはうまれたときからずっと
だから
なくならない
いなくならない

わたしが問うためには
わたしの形がその前にある
遠いところから
わたしの形が続いている

約束された場所から
約束される場所へ
時間ではない記憶が流れてくる
わたしは生きている
わたしの生まれていない方へ

かたられる水
さかのぼる水
さまよえる水
水は人の漂着

人の世の漂着
はじめの一滴

いつのころか
いかなる過去かと
水のささやく声が聞こえてくると
それは
一番最初の朝から
一番最後の夜までの
約束された問いの時間の
うっすらとした場所のかたちを
与えてくれる

「わたしの生まれた場所と
わたしの死ぬ場所の
ただ
わたしは喩えであるのか！」

生まれた場所の水の声の方に
わたしは死ぬことを繰り返しながら近づいていく
ただ水のように
繰り返される水の

流れのように

だから
なくならない
いなくならない

いのちは
ことばで
光の群れになる

ここは一番最初の名前
黄金色に輝く
わたしの生まれた場所
約束の場所

なくならない　で
いなくならない　で
わたしはあなたに
おはようという

生き物たちは

かさかさと動きをはじめ
戸口からは
次の宇宙に向けて
光が
溢れでようとしている

（詩集『魔笛』（思潮社）より転載）

# 海岸通り　旧植物園跡地

## 裸芽

遠い海峡を抱えて
木の香のひとが歩いてきた

やわらかなビンになって
それぞれの海を注ぎあった

紅貝の笛は
錆びた音色を飲みほすと
半透明に芽吹いた

わたしたちは
なにも持たず
用もなく
まっすぐに立って
なにも入れない器をかかえた

宗田とも子

## 幼芽

若葉の視線が　切り取った
溶けかかる雪の山脈が　落としていく音

大きな窓を通り越して
生まれたての子の小さな握りこぶしは
生まれたての海と遊星をつかんでいる

海の名のつく石段に並べられた果実の列を飛び越すと
初夏は一本の指であなたの生命を軽くたたいた

## 蒴果

夏草を少年は　胸を広げて　食べつくし
降り注ぐ花びら　を身にまとった
散水栓は　ゆっくりと回り　そして壊れた

少年は　軽業師になる

虹蛇　の根本で
降り注ぐ光の粒　をキャッチして　宙吊りになる
髪が　金色に吹き上げた
そして
少年だった足を惜しげもなく捨てると
深い森に力強いかかとで踏み込んだ
見送る人は　無口で
すべての弦がいっせいに鳴った午後

（「Tumbleweed」2号より転載）

# 杏の笛

笛の音に触れ
境界をわたる
半身はあまく
半身はにがく
簡素な調べに
濡れていく
杏は花を得
やがて枯れ
せかいいち

古内美也子

poemuseum

かなしい音色の
笛になる

「睡れない時はどうしているの？」
「起きている」

いのちを踏み抜く
去り際の
うつくしい余韻に
見詰められている

（「雨期」69号より転載）

# 文字屋／医学生K

文字を書くには文字屋に行って、ひとつひとつ文字を買わなくてはなりませんでした。大学の北門を出て左手のそのまた左のうっそうとした樹々の中に、その店はありました。一つ通りが違えば学生たちの定食屋が並ぶにぎやかな通りでしたが、この店はひっそりと存在していました。言葉を書くのに恥ずかしがることはないはずです。でもその文字屋に文字を買いに行く人はいつも隠れるように、または素通りするかのように人知れず入っていくのでした。

昔、本はとても安く買えたそうです。月に九百八十円を払えば読み放題だったとも聞きます。今、この文字ひとつひとつにお金を払わなければなりません。その支払った先がどこへ行くのか誰も知りません。思考するということは莫大なお金がかかるので誰もしなくなりました。売れるか売れないかの荒唐無稽な話は書けなくなりました。一か八かの博打をするにはあまりにもお金がかかりすぎました。トイレに貼る教訓のようなはずれのないお話ばかりになりました。それでも人々はお話に飢えていたので、高いお金を払って買いました。そして与えられた場所で与えられた花を咲かせるための、ささやかな努力をしようと心しました。

医学生たちも文字を買いに来ました。とりわけ彼らは変装までして買いに来ました。彼らの必要な文字はとても淫靡なものだったからです。文字を買うときその言葉を

草野理恵子

poemuseum

口にしなければならず彼らは必ず口ごもりました。薄い紙にその漢字を包み込みました。まるで体の一部を包んだかのように両手で抱え、肩掛け鞄にそっと入れました。鞄の底をわきに抱え動かさぬようにして帰りました。

私は文字屋の店員です。何十万か何百万かわかりませんが世界中の文字が並んでいます。かつて人類はたたきつけるように無尽蔵に文字を消費していました。今、人々はこの店の小窓で高いお金を払い恐る恐る文字たちを買っていきます。

小窓に差し出される医学生Kの指が好きです。必ず深く爪を切り、文字たちを傷つけないよう手のひらを差し出します。特に医学用語を買っていくKは緊張でたくさんの汗をかいています。手のひらに半透明のパラフィンを置きます。すぐ汗で透明に変わります。その上に乗った淫靡な文字たちが震え汗にまみれるのを見るのが好きです。私はKの指が文字たちをゆっくりと押し潰して、声を上げさせ刻印する様子を想像するのが好きです。私は死ぬまでこの仕事をしたいと思います。死んだあと何の文字になるかはもう決めてあります。でもここには書きません。Kが買ってゆく文字のことは私しか知りません。

今日もまた一日が終わり緋色の帳が下りてきます。受け渡しの小窓を閉めます。私はKの顔を見たことがありません。

（「Rurikarakusa」6号より転載）

# 鱗

きみの体にある鱗のことを、いつかきみに話さなくてはならない。なぜそんなものがきみの体にあるのか。鱗を一枚でも剥がすと、むきだしの皮膚が塩辛い空気に滲みて、涙が出るほどひりひりと痛くてたまらないのか。

きみは自分を産んだぼくのことをいつも深く憎んでいたね。なぜならぼくの体には鱗がないから。それなのに、どうしてぼくは平気で空気の中を生きていけるのか、きみは不思議でならなかったのだ。

*

世の中には鱗のある者と鱗のない者がいる。そして生まれたときから、鱗のある者は鱗のない者に蔑まれる。けれども僅かな鱗を取り引きして、鱗のない者に与え、少しずつ鱗を失っていく者もある。

ついにはぼくのように、「鱗のある者」なのに一枚残らず鱗を失ってしまう者もあるのだ。自分一人のためだったら、ぼくもそんなことはしなかっただろう。愛する者がいたから、ぼくは進んで鱗を売ったのだ。

鱗を失うたびにぼくは激しい痛みと、悔しさで泣き叫んだ。剥ぎ取られた鱗の跡が

一色真理
poemuseum

いつまでもひりひりと痛み、自分が自分ではなくなってしまう恐ろしさにおびえた。

とうとう最後の鱗を失ったとき、いつのまにかぼくは鱗がなくても生きていける者に、自分が変わってしまったことに気づいた。


それが「父親になる」ということだと、ぼくも遠い昔に父親から告げられたことがあった。そして、息を止めた父親を最後の火で焼くためにすべての衣服を脱がせたとき、ぼくはその体の一番奥まった場所に、たった一枚だけ残された鱗を見つけた。

気づくことのないまま置き忘れられたのか、最後の一枚だけは「鱗のある者」の誇りのために残したのか、今となってはぼくにも分からない。

＊

さあ、そろそろきみを起こそう。まだ体中の鱗が初夏の若葉のように輝いているきみも、すぐにみんなから「鱗」とあだ名されるようになる。そのためにますます、きみはぼくをひどく責めるだろう。

きみが、ぼくの体に残されたたった一枚の鱗を見つけて、息子たちにそっと告げる。いつかそんな日がきみにもやってくるのだろうか。


（「文野が原」83号より転載）

# 黄色いバス

きみを待っているあいだに
核戦争がありまして
いちめんの真っ黒い空です
無数の黒鉛筆が降り注いでいる

ラジオの天気予報は
あしたは晴れるべきだ
と繰り返しています

売れやしないとわかっている絵の
額縁を作っていた画廊主はお手上げです

死んで埋葬される土地など、もうどこになく
生きて見上げる空すらない

死刑も廃止になり
最高刑は懲役三〇日になりました
ただし食事は与えない

秋　亜綺羅

poemuseum

予定ばかり作って暮らした男も
いよいよあすは、ありません

雨が降っていない日
ひきがえるは雨のことばかり考えていました

時間はどのくらい止まったままかを
正確に刻んでいる時計がありました

きみは元気だという風の便りを知りました
きみは病気だという風の便りもありました。

ここは、逃げ出したい場所なのか —— 見えないふりをすると
それとも、逃げ込みたい場所なのか —— 見えるでしょ

終点という名のバス停のまえで
きみを待っているあいだに

（「ココア共和国」21号より転載）

冬晴れのある日
高層ビルの一角がくぎる路上の日だまりに立ってあなたは
目の前で垂直の穴がぽっかりと口をあけているのを
見たことがありますか
見たことがあるならあなたはきっと
その穴へひとり、理由もなく
墜ちていったことがあるでしょう
墜ちていった穴のなかで、あなたは
冬晴れのある日
路上で起こっていたのに誰も気がつかなかった無音の惨劇を
もう一度、始めから終わりまで見たはずです
それからあなたは
目の前で垂直の穴がぽっかりと口をあけているその穴へ
墜ちていくあなた自身を、見たはずです
あなたはその穴へ水平に墜ちて

浜田　優
poemuseum

その穴から水平に抜け出しました
墜ちていった穴のなかで、あなたが
冬晴れのある日
路上で起こっていたのに誰も気がつかなかった無音の惨劇と
目の前で垂直の穴がぽっかりとあけているその穴へ
墜ちていくあなた自身を、見ていた間
路上では一日分の光線が、ほんの数秒で
かたまり、くだけ、散り払われていました
その間じゅうあなたは、絶叫していたはずです
それからすぐに忘れてしまったのです
冬晴れのある日
高層ビルの一角がくぎる路上の日だまりに立って
目の前で垂直の穴がぽっかりと口をあけているその穴へ
墜ちていった、あなた自身を

（詩集『哀歌とバラッド』（思潮社）より転載）

# 火

ちょっと　火を貸していただけませんか
スーパーの駐車場で　初老の男に
迫られた
また　やってしまった
わたしは車に逃げこみ　バックミラーで
口元を見る
くちびるに　控えめに点した火が
いつの間にか　燃え上がっている

おまえに隙があるから　しょっちゅう燃え上がるんだよ　と
ネクタイを緩めながら
帰宅したばかりの夫は　言った
そもそも　近所に買い物に行くぐらいで　化粧なんかしなくたって
いいじゃないか
あら　くちびるが　朱に染まるだけでも
気分が若返るのよ
それにあなただって　この間
口にやけどして帰ってきたじゃないの　あれは

南川優子
poemuseum

どこの女から　口移しにされた火なの？
仕事仕事って　外で何やってんだか
わかりゃしない

翌朝　バスを待っていると　今度は青年に
火を貸してくださいと頼まれた
なにもこんなおばさんから火を借りなくたって
若い娘に頼めばいいじゃないのとたしなめると
いやあ　同年代の女の子は　みんな冷たくって
くちびるをうかつに　燃え上がらせたりしませんから
そう　それじゃあ　あなたのくちびるに
貸してあげるから
その火で　冷え切った女の子たちにキスして
燃え上がらせておやりなさい　そして　もし
あなたに夢中になりすぎたら
バースデーケーキのろうそくみたいに　一気に
吹き消しておやりなさい

（「詩素」3号より転載）

VIEWPOINT

# 俳句

## 柴田千晶 ― 俳句の沃土① 龍淵に潜む

らうめんの淵にも龍の潜みけり　青山茂根

「龍淵に潜む」は秋の季語。中国の古文書『説文』にある、竜は「春分にして天に昇り、秋分にして淵に潜む」からきたという想像上の季語。「龍天に昇る」は春分のころを、「龍淵に潜む」は秋分のころをいう。なかなか手強い季語で、私はまだ使ったことがない。秋の淵に潜む龍の気配をどのように詠めばいいのか。

冒頭の青山茂根さんの「龍淵に潜む」の句は、『BABYLON』（ふらんす堂）に収録されている。ラーメンどんぶりの淵に描かれた龍を詠んだ斬新な句。澄んだラーメンのスープに潜む龍。なんと柔軟な発想なのだろう。俳句という詩型の豊かさを感じる句だ。

茂根さんの句は幻想的。季語が幻想と結びついて詩的な映像を生みだしている。

ビル街を砕氷船の往ける幅

オフィス街を歩いていると、高層ビルを壊しながら進む砕氷船が見えてくる。この句はそのまま幻想に流れてゆかず、現実の道幅で終わっている。一瞬の白昼夢だ。

西瓜割れば赤き夜空と出会ひけり
大根を発光体として覚ゆ
白象とおもふ時雨の山並は

西瓜を割ると、黒い種の星と赤い果肉の夜空が鮮やかに広がる。

瑞瑞しい大根が、発光する未確認飛行物体に思えてくる。

時雨の山脈は巨大な白象。

どの句もとても感覚的なのだが、不思議と共感できてしまう。茂根さんの句に出会ってから、西瓜を割るたびに「赤い夜空」と思う。

万華鏡の中を旅せば夜店かな

万華鏡を覗いて回すと、子どもの頃に見た夜店の風景が見えてくる。夜店の灯の中に、旅をする自分の姿も見えてくる。茂根さんの句には漂泊感がある。日常からふわっと幽体離脱して、異国を彷徨う。

絨毯をまるめ国境越えゆけり
コレラコレラと回廊を声はしる
誕生仏立つ密林の明るさに
アフリカの泥の重さの髪洗ふ
バビロンへ行かう風信子咲いたなら

時空を超えた旅を終え、また日常へ戻れば、ラーメンどんぶりの淵に潜む龍が赤い眼をひらいている。

VIEWPOINT

# 短歌

## 野樹かずみ（歌人）——風の兄さん

ゆさぶれ　青い梢を
もぎとれ　青い木の実を
ひとよ　昼はとほく澄みわたるので
私のかへつて行く故里が　どこかにと
ほくあるやうだ

立原道造「わかれる昼に」

十二歳の冬。ひとまわり年の離れた兄が都会から戻ってきたとき、兄の荷物のなかに、中央公論社の『日本の詩歌』全集があった。うす紫の表紙をめくると、口絵のカラー写真（詩人ゆかりの地の風景写真）がとてもきれいでどきどきした。あるとき高校生の従姉が来て、本を持っていってしまったのだが、従姉が持って行かなかった数冊を、兄は私にゆずってくれた。

最初に好きになったのは、立原道造だった。詩と、それから、写真のきれいな顔を好きになった。その頃の兄と同じ年の、夭折の詩人。

覚えようと思わなくても覚えてしまったいくつかの詩のなかでも、「わかれる昼に」という詩の最初の四行は、私に呪文をかけたと思う。

「私のかへつて行く故里が　どこかにとほくあるやうだ」と、私も思ってしまったのだ。

中学校からの帰り道、夕焼けの方角に帰路をたどりながら、ほんとうはもっと向こうのどこかへ帰っていくはずなのにと、思うようになってしまった。

憧れ、というものは、そのように私にやってきた。いつか私も「どこかにとほく」ゆくのだと。

それから十八歳で故郷を離れ、そしてそのまま帰れなくなってしまったのだが。

たくさん覚えた道造の詩も、そのほとんどを忘れてしまったけれど、いま思い出すふるさとは、あのころ読んだ道造の詩にかさなる。あかるい午後の田舎の道を、草の葉をちぎりながら歩いていた。風が吹いて、見あげれば青い空を背に、棗の木のほそい梢がゆれていた。まだ青い実を、私たちは食べちらかした。

二十日まえ茜野原を吹いていた風の兄さん　風の母さん

笹井宏之『ひとさらい』

もう十年ほども前。笹井宏之という若い歌人がいた。この短歌を読んだとき、一陣の風が心を吹いた。というより、あまりにもなつかしい風に、体ごと連れ去られてしまうように感じた。故里のもっと向こうの故里へ。いつもそこへ行きたいのに、行くことのできない野原へ。もしかしたら、私のなかにあるのに、たどりつけないどこかへ。

どこかとおくから、風の兄さんたちは、ささやかななつかしい詩をたずさえてやってきて、そうして、どこかへとおくかえっていった。

VIEWPOINT

# 映画

## 望月苑巳のシネマで一服

### 「ジオストーム」
——気象異常が地球を襲う日

地球温暖化が問題になっている現代。タイムリーなディザースター・ムービーだ。ある日、天気が何者かによって支配されたらどうなるか、という物語。気候異常が頻発して甚大な被害が続出していた地球だが、ある科学者の力によって気候をコントロールできる人工衛星システムが完成、人々はようやく安心して生活できるようになった。ところが3年後、突然その人工衛星が暴走を始め大寒波や猛暑、大津波が発生し都会を襲ってゆく。そこには人間の欲にかられた陰謀が隠されていた——。

ジオストームとは地球規模の同時多発災害を指す。トランプ大統領が「地球温暖化など起こっていない」と対策にソッポを向いているが、こうした無知こそが一番恐ろしい。主役のジェラルド・バトラーのむさい髭づらには多少げんなりするかも。監督はディーン・デヴリン。

＊＊＊＊＊

### 「デトロイト」
——アメリカの病巣を見た

こちらは、今では歴史の中に埋もれてしまった実話の社会派ドラマだ。1967年にデトロイトで起こった黒人暴動事件。そのさなかに、3人の無辜の市民が白人警官に射殺された「アルジェ・モーテル事件」がそれ。映画は暴動を避けてたまたま泊まっていたモーテルで1人の黒人がふざけておもちゃの鉄砲を撃つ。それを狙撃されたと勘違いした警官隊と州兵たちがモーテルに乱入。客を並ばせ犯人を特定するために、人種差別主義者の警官（ウィル・ポールター）が暴行し、自白させるためにわざと「死のゲーム」をするのだった。

ポールターは演技とはいえあまりの非道さに途中で泣き崩れ、監督がなだめたという。こうした人種差別と暴動がアメリカの病巣であることは現在でもあまり変わらない。この事実に目をつぶるべきではないだろう。「ハード・ロッカー」のキャスリン・ビグロー監督。

VIEWPOINT
# 音楽

## ユージ 斧に気をつけろ

伊藤祐二（作曲家）

### ラフカディオ・ハーン プロジェクト

私とピアニスト井上郷子による企画。今年六月にアイルランドで三公演、九月に東京で二公演、十月に松江で一公演を実施。日本、アイルランドの作曲家各二名が、ラフカディオ・ハーン（小泉八雲）のテキストを選び、朗読＋ピアノを前提に作曲。かの地では英語、日本では翻訳での上演。（作曲家＝ジョン・マクラクラン、ポール・ヘイズ、伊藤祐二、内藤明美、ピアノ＝井上郷子、朗読＝茨木啓子、ジョン・マクラクラン）

まるで、ピエール・ロティの小説のような出自なのだ。ハーンの父はアイルランド人の陸軍軍医。駐屯地ギリシアのレフカス島で現地の女性と結婚、ハーンは生まれた。ダブリンでの生活の後、母はギリシアに戻り、父は他の女性と再婚。十六歳の時の事故で左目を失明していたハーンは、預けられていた大叔母の破産に伴い、すべてを失ってアメリカに送られた。一八六九年（明治七年）一九歳の時である。（どん底の生活、やがて新聞記者として成功。）

この時期、ハーンは、ニューオーリンズで黒人労働者の生活、言葉を研究し、（混血の黒人女性と同棲し、スキャンダルとなったのもこの頃）、さらにフランス領西インド諸島のマルチニーク島に出かけて、クレオール語を採集している。（ポール・ゴーガンの滞在と同時期！）

例えば、パトリック・シャモワゾー他が、「クレオール礼賛」を書いたのが一九八九年、遡っても、エメ・セゼールらのネグリチュード運動が、一九三〇年代からであることを考えると、クレオール語、文化に注目研究した一八〇〇年代のハーンが、当時のヨーロッパ人の中で、どれほど先行していたかがわかる。いや、それ以上に、当時のヨーロッパ人にとって「汚い言葉」であったはずのクレオール語を採集し、黒人女性と同棲し、日本に来て、没落士族の日本女性と結婚、小泉八雲として帰化し、「ハーンは土人になった」のである。彼は真のエグゾットであったのだろうか。

今回、改めて、ハーンの著作を再読した。作品に使ったテキストは、原語を読みこんだ。「怪談」の再読も、「日本の面影」収録の、夢のように美しい盆踊りの描写も、それから、ハーンと作品について書かれた多くの文章を読んだ。

興味は尽きない。

彼はなぜそうだったのだろう、と考えない訳にはいかない。彼は、妻セツに、その「声」をもって物語を〝語らせ〟、それに耳をそばだてる。彼がその「声」に聴いていたのはいったい何だったのか？と考えない訳にはいかない。そして彼はそれを記述したのだが、そこに「書かれた」ものは、いったい何だったのだろうかと考えない訳にはいかない。

しかし待てよ、と思う。お前は作曲家だろう！　作品を、そんなに作者に引き寄せて読むのか！　しかし待てよ、と思う。自立した「作品」という概念の虚構も又、考えてみるべきでは、と。

（十月三日、小泉八雲記念館を、小泉祥子さんに案内していただく。展示室に入った瞬間、ハーンの帽子と衣服が目に飛び込む。横には、彼がアメリカからもってきたボストンバッグが。圧倒的な存在感。松江公演のコンサート会場は、記念館の直近。場の魔力に包まれた公演となった。アイルランド人と日本人による、全く異なった四作品。CDにできると良いのだけれど。原語版と翻訳版の素敵な二枚組。）

# 火竹《ぴいちく》破竹《ぱあちく》

## ◉船越素子

自由にどうぞ、は曲者だ。編集長に好きなように書いてと言われたが、これが難しい。久しぶりにサルトルの「人間は自由の刑に処されている」を思いだした。定型ではない現代詩の面倒さと似ているだろうか。それでも私にとっては映画の忘れがたさについて語れることが嬉しい。

マーティン・スコセッシによるデジタル修復がなされた**エドワード・ヤン監督「クーリンチェ少年殺人事件」**。見終わった後も半月ほど胸のなかに居座った。長い映画だ。２３６分。エドワード・ヤン没後10年のメモリアルな上映でもある。この作品、日本での初上映は１９９２年、１８８分バージョンで上映されている。この時の映画をみたという知人はざらざらした質感の映像と明と暗の演出が映画の原点のようで忘れられない、と言っていた。彼にとっても忘れがたい映画なのだ。

今回の修復版も、ざらざらした質感や明暗が効果的に使われていた。場合によってはフィルム・ノワールを思わせる。たとえば夜の校舎で敵対する少年グループの追跡から身を隠す少年、突然電球が点く、といったふうにである。映画のモチーフとなったのは１９６０年代初頭、台湾で実際に起きた少年による少女殺人事件。だが、ふたりの恋の不条理さに映画は収斂しない。劇奏音楽のない硬質な演出が、暴力も郷愁も乾いた映像で映し出していく。外省人と呼ばれる中国本土から国民党政府とともに逃れてきた少年たちの親世代。彼らの不安と少年たちの不穏な動きが、連動するかのように物語はすすむ。小津安二郎を敬愛していたというヤン監督は、市井の家族の物語から中国本土と台湾の、絡みあう歴史をスクリーンに呼び起こす。そのざわめきは私の胸からなかなか離れない。

忘れがたい映画がもう1作。**ジム・ジャームッシュ監督「パターソン」**。「クーリンチェ」とは対照的にとても居心地の良い映画だった。気持ちのよい朝にコーヒーを片手に散歩しているような、そんな映画だ。スクリーンのなかでは主人公も週末に同じように愛犬と散歩をしていた。監督のバンドＳＱＵＲＬのＢＧＭも素敵だ。

ニュージャージー州パターソンに住む、パターソンというバス運転手の1週間の物語。起床、出勤、帰宅、そして夕食後には馴染みのバーへ。毎朝6時過ぎの目覚まし時計のシーンで始まる同じような日々。ただパターソンは他の運転手とはちょっとちがっている。時間をみつけては、愛する妻にさえ見せない秘密のノートに、詩を書き続けているのだ。彼の詩が綴られ始めると、朗読と同時に画面にもその文字が映し出される。映像とかさなる声や文字のイメージが、美しい。何だか、詩の優しい可能性が透けてみえる。

実際、これらの詩群はジム・ジャームッシュの親友でニューヨークの詩人ロン・パジェットが提供したものだ。ここにはフェイクニュースのおぞましさやその元凶となる大統領の影もない。慈しみにあふれた愛しい生活。けれどこの街で起こった、時には凄惨な歴史的出来事について、監督はバスの乗客たちに語らせることを忘れない。それはウィリアム・カーロス・ウィリアムズ詩集「パターソン」がパターソンという街の歴史を語る一大叙事詩であることに関係する。それで、私は「アレン・ギンズバーグ詩集」(諏訪優訳)に「パタースン」があった意味を思い出した。

2本の映画は時代や社会をストレートに語っているわけではない。それでもスクリーンからは過去の時間とその吐瀉物が吃音のまま語りかけてくる。それがとても、私には忘れがたい。

詩はどうだろう。いまこの世界にあるということにどんなふうに向きあえるのか。そんなことを考えているとき、**「特集・荒川洋治、いま何を描くか」**(「現代詩手帖」9月号)を読んだ。福間健二との対談で荒川はとてもわかりやすく自身の詩の作法と鮎川信夫賞受賞詩集『北山十八間戸』のヴィジョンについて開示している。「書き切らない・歌い上げない、陶酔しない」私は初めて知ったが、以前から荒川が述べていたことらしい。おそらく感動型、悲憤慷慨型の叙情詩ではない、ということなのだろう。また、何を描くかについて、70年安保当時のいわゆる左翼的な詩人たちがいまや趣味に堕した詩や閉鎖的な詩を書いていると批判的なニュアンスだ。戦後詩は社会や現実を扱うときの詩の言葉がしっかりできあがっていないのだと荒川はいう。

実は荒川洋治の詩集をこれまで読んだことがなかった。初めて彼の作品を目にしたのは「奥の細道」第2号(2015年)掲載の「発車する列車を開始する」。その題名のわからなさにうたれた。列車ヲ開始スルとは何だろう?謎は人を惹きつける。詩人はその手管が熟練の仕事師のように絶妙なのだった。

では**詩集『北山十八間戸』**はどうか。謎のおきどころの絶妙さはもちろんのこと、詩と散文が拮抗しながら互いに侵略しあっている。その状態はスリリングなほど。戦後の花田清輝が小説のような評論あるいは評論のような小説を書きたい、といっていたことを思いだした。荒川自身は小説の形をした文学作品といったいい方をしているけれど。

この詩集を読んで前述の対談で示された荒川の詩の作法がどうやら伝わってきたように思う。そこには高度経済成長以後、どこまでも舗装道路が続く、ひしゃげた地方のありさまがあり、綿々とつづく権力抗争とそこで犠牲になるいたいけなものたちの痛みと嘆きがある。詩人は大声でうたっていないのに心にふれるものばかりだ。

悲痛と凄惨とつつましいおかしみ。たとえば「フスの家」のフスとは無論宗教改革のボヘミアのフスのことだけれど「どの家を見るのも/国を見るのも/いつもテレビ」という批評の場をぬけて最終連「映像で知り/そのなかにもモルダウの河が/見えていた/フスの家はどこかやさしく/おかしげで/古瓦をひとかかえ／もっていくだろう」と続くおかしみがつつましい。

　このようなやわらかな諧謔と、「赤江川原」など幾つかの詩篇に窺えるこどもらへの目差しの陽光はどこか格別なものがある。

　最後に、対照的な2冊の詩集について。1冊は**細田傳造『かまきりすいこまれた』**（思潮社）。もう1冊は**橋本シオン『これがわたしのふつうです』**（あきは書館）。細田は70代、橋本は20代。彗星の如く現れ67歳で『谷間の百合』で中原中也賞を受賞した細田は、創作意欲も旺盛。孫の目線で語るかと思えばリベルタン文学と江戸戯作をあわせもち、阿部嘉昭が名付けるように老人パンク。「寂と悲《さみしみかなしみ》が／相撲をとっている／私のからだの中でぶつかり合って／押し倒したり投げ飛ばしたりしている」（「あなた最低ね」）といった壮絶ニヒリズムをねじ伏せる力業が凄い。人生の達人なのだ、きっと。

　橋本の詩集からは因幡の白兎が見えた。すっかり毛を剝ぎ取られ生皮で震える兎。痛々しいけれどいずれ新しい毛揃いができる。そのときには「みんなが吐き出す死にたいという言葉で、とうきょうのそらは真っ黒だ」（「わたしの国家」）という立ち姿がいきてくるのではないだろうか。

## ◉紺野とも

### 桃とマスカット　1

　片づけをした。もう着ない服、もう読まない本を取り除いたら、それなりにはすっきりした。ミニマリストにはほどとおいが、自分なりには片づいたような気がする。

　残された本は年代的に偏りがある。だいたい自分がすこしはキラキラしていたころのもの。すなわち、純粋？に夢が見られていたころだ。そんなわけで、バブルのにおいがする本たちが、隅っこで重なっている。糸井重里、高橋源一郎、田中康夫……みんな変わってしまったが、自分だけはまだ追いつけない、「と金」になれないかんじ。置いてきぼり感のなかにわたしたち団塊ジュニアがいる。しかしなんというか、鴻上尚史や川村毅の戯曲をよんでいると、とてもおちつくのである。

　トム・ストッパードの戯曲**「ローゼンクランツとギルデンスターンは死んだ」**

（世田谷パブリックシアター）のチケットが高騰している。一時はチラシさえ手に入らなかったようだ。人気の理由は、主演が生田斗真と菅田将暉だから。ジャニーズの生田斗真は小さいころから見知っている近所の子みたいなものだが、菅田将暉のことは、良し悪しも含めてよくわからない。ただ、舞台に限らないが、ジャニーズ事務所所属のタレントが出演すると、きまって「客寄せパンダ」呼ばわりする人がいるのが、とても見苦しい。

　転売サイトで高値になったチケットを手にしてまで不条理劇を見て、女の子たちは何を思うのだろうかということには大変興味がある。三〇年前の文学座では、角野卓造と矢崎滋が演じた二人組である（眼鏡）。日本ではほかに、生瀬勝久と古田新太という組み合わせもあった（消化に悪そう）。彼らは主役だけれど、ハムレットで「ローゼンクランツとギルデンスターンは死んだ」ですまされるモブキャラなのだ。だいじなのは多分そこなのである。

　6月に、日仏会館でフランス社会科学高等研究院・**ジェラール・ノワリエル教授**の講演を聴いた。そこで語られた「歴史の理解に、演劇を用いる」という手法は面白かったけれど、効果は疑問に思った。少なくとも自分の中では、演劇と歴史はそういった関係性ではない。

　いま、少しばかり広くなった我が家の床を、いま3台のお掃除ロボが行き来している。仕事で必要なので借りてきて使っているのだが、割と快適である。こうして作業をしているうちに床がきれいになってゆく。彼らのじゃまをしないために床に物を置かないようにする。そもそも、彼らを受け入れるために片づけたのだ。観葉植物などはまちがっても飾らない我が家だが、無機質なロボット掃除機は、とてもしっくりくる。

＊

「詩」と出会った瞬間はいくつかあるが、そのひとつが学部3年のときに履修した文学部共通科目である。なんだか変わった雰囲気のおじいさん先生にわけのわからない群読のテープを聞かされたり、朗読させられたり、詩のようなものを書かされたりした。朝1限で、いつも5人くらいしか来なかったし、相当サボったけれど、わりあいたのしかった。おじいさんが**藤富保男先生**だったことは、ずいぶん後になって知った。あの大学で、先生の授業を受けた詩人をほかに知らないし、もう一度お会いしてご挨拶したいとずっと思っていたがかないませんでした。無念でなりません。ご冥福をお祈りいたします。

**藤富保男さんと「洪水」**

　以前、「洪水」で一度藤富さんに執筆依頼を出したことがあった。そのときはなにかの病気で入院されていたので、無理、退院したらまた、という返事だった。またいつか、と思っていたが、機会を作ることができないまま、「洪水」が終わり、藤富さんも逝ってしまった。合掌。

　「ｇｕｉ」110号に藤富さんは「作品は主張であり、思想の焔である」という小文を寄せていて、「「ｇｕｉ」は「ｇｕｉｔａｒ」の「ｇｕｉ」と発音する。「技」でわざを競うものではなく、特別にギ憤を感じてギ理につけたものではない。単に「ｇｕｉ」に過ぎない。創造的な頭脳を持っている当事者は、作品自体を思想と呼ぶ。」という自身51歳のときの「ｇｕｉ」創刊号の文章を紹介している。

## ◉ 平井達也

### 似せているけどバレている

女性のボトムスの新しい波が定着するのかどうかわからないが、気になっている。ワイドパンツ、あるいは**ガウチョパンツ、スカーチョ、スカンツ**などとも呼ばれる種類のボトムスの最近の流行である。

順番としては三年ほど前にガウチョパンツとして流行り始め、すぐにスカーチョ、スカンツという名称も流通し始めた。それにワイドパンツが続いた形である。どれも言ってみればこれまでキュロットと称されていたもののロング丈バージョンと言える。ガウチョはやや丈の短めなものが中心である。スカーチョとスカンツは一括りに捉えてよいだろう。一見スカートに見えるが、脚が分かれている（スカーチョはスカートとガウチョの合体語、スカンツはスカートとパンツの合体語である）。ワイドパンツは幅広のパンツの総称だが、特に一見でスカートではないと判別できるものを称していると言えるだろう。そのように三者は一応デザイン上区別されながら、はっきりと線引きできるものでもない。

ワイドパンツについては、過去に「パンタロン」のように類似の流行もあったので、新たなスタイルと呼べるのはガウチョ、スカーチョ（スカンツ）である。

ファッションが、見られて初めて意味を持つ以上、これらの流行の意味はやや複雑である。つまり、一見スカートに見えるがそうではなくガウチョやスカーチョであると気づかれてようやく意味を持つのである。これはキュロットとは事情が異なる。キュロットはおそらく、キュロットであると悟られず、スカートであると認識されたままであっても、それは残念な事態ではなかった。しかしスカーチョをはいている女性にとって、それがスカーチョだと気づかれず、スカートだと認識されて終わってしまったら、残念な事態であろう。

一方で、ガウチョやスカーチョは実に「スカート見え」するように作られていて、スカートと見分けることはなかなか難しい。おそらく私たちは街で、多くのスカーチョをスカートとして見過ごしている。

こうした現象はアート特有のものだと考えられる。文学でもあり得るだろう。たとえば、ノンフィクションのように読めるが実はフィクションが織り込まれていて、そこに気づいてこそ読んだ意味があるような小説。美術においても、超写実的で写真のようにしか見えないが、実は絵画である、という一群の作品がある。これが政治の世界で、革新的に見えて実は保守であることを理解して初めて魅力的であるような政党、というのは考えにくい。

レディースファッションに話を戻せば、何かに似せつつも騙し通すことにそれほど重きを置かないアイテムというのは、数年前から出始めているようだ。重ね着風のトップス、セットアップに見えるワンピースなど。「似せていることがバレることに意味がある」という事情でスカーチョはその先鋭を行っているわけだ。そしてこの戦略は、これからのモードの方法論の一つになるのかもしれない。

## ◉池田　康

**『白石かずこ詩集成Ⅰ』**が書肆山田から出た。全三巻で、ⅡとⅢは二〇一八年の前半に出る予定とのこと。この『Ⅰ』には第一詩集『卵のふる街』から第七詩集『紅葉する炎の15人の兄弟日本列島に休息すれば』まで収録されている。かつて「洪水」4号で特集「白石かずこの航海」を組んだこともあり、この詩人に対してはちょっとした研究モードになるところがあって、折角だから始めから第七詩集まで全部一通り目を通すことにした。これら初期の詩集は入手も難しく、わずかの詩篇しか読んでいなかったので、今回いろいろ気づくことがあった。

サックスの梅津和時氏と。2017年10月28日出版記念会にて。

　まず一つは、諧謔について。「洪水」4号の特集の論考で、白石かずこはいつも真面目で冗談などついぞ言わないというようなことを私は書いているのだが、その記述を読んだご本人は、全くそんなことはない、これは間違いだと主張されたのだった。しかしお会いしている感じではいつも荘重な雰囲気があり、その時期の詩集も軽やかな表現の遊びを演じてみせるという面はほとんどなく、重みと深みを出す表現の詩篇が多かったので、私としてはあまりピンと来なかったのだ。しかし初期の詩集を読んでみると、なるほど、非常に楽しげにジョークに戯れ、陽気に空想にふざけ、気紛れな諧謔を弄している。若さということもあるだろうが、元来はこういう発想法を得意としていた詩人だったのだ。

週末
週末屋という商売を　ご存知？
ジュリアン・ソレルもジュリエットも
いらなくなった帽子
つきつめた胸を
簡単に　うりさばいてあげるってこと
週末屋は
年とった耳も使いものにならぬ政治家も
太りすぎた家政婦も
恋にちぎれていく胸たちも
皆　一手にひきうけて　さばきます

週末
は棺桶のように寛大
どなたも遠慮なくはいれます
週末は
デラックスな宇宙ホテル
星　もエスプリも未練もにがい反目も
皆　遠慮なく泊めて
もやすとも
消すともしてあげます　（「週末屋」より）

　この諧謔的イマジネーションの延長で、もう一つの特長が現れてくる。ラテンアメリカ文学のマジック・リアリズムを思わせる神話的視点によって大胆に言葉を運ぶ書き方で、シーンの疾走の具合がすさまじく、市井の生活者としてのあり方に立脚点を置く大多数の詩とはかけ離れた性格を獲得する。のちの『一艘のカヌー、未来へ戻る』や『砂族』にも通じる視野の「非常な」広がり方に一気に飲み込まれる感覚がある。

あの子はおれとのダンスをことわった
いまいましい
そしておれのうちの庭であの牝犬は
ろくでもない牡犬の子を生んだ
おふくろからしばらく手紙がこない
昨日はmotherのbirthdayだったのに
おれときたら　車のエンジンは快適だ
だのに　エンジンをまわそうにも
世界はからっぽのレストランだ
誰かがたべちらかしたあと
退屈が　汚れた皿を並べて虫歯と話し
　てるというていたらく
おれは白いシーツ
洗いたての空に血をながす女がほしい
愛だけでホット・ケイキのように
たべてしまえるホット・タイムがほしい
が　すべての女
すべての時は排泄する　退屈　不幸
　不機嫌
時には風邪をひいて鼻をかむ女がいる
ＳＩＣＫは悪徳だ
おれの中で　エンジンがうなる
油が充分すぎるのだ
（「Now is the time」より）

擬神話的に叙事する詩法はこの詩人の一つの柱と言ってもいいだろう。

天真爛漫な諧謔と遊戯の気分が詩の上から薄らいでいくのはどの辺りからだろうか。『紅葉する炎の15人の兄弟日本列島に休息すれば』は一九七五年刊だが、親しかった三島由紀夫の異形の死の影響が見られるように思うのは私の憶測に過ぎないだろうか、これまでの詩にない種類の真摯さがこの詩集あたりから忍び込んでくるような感じがあり、それが次の『一艘のカヌー、未来へ戻る』でさらに顕著になるということと考える。『紅葉する炎の15人の兄弟日本列島に休息すれば』には「抜け忍」（白土三平の『カムイ』から来ている？）という語も何回か出てきて、下劣な猿社会である人類から抜け出して新しい心的景観に出会いたいという思想的に大きな渇望が語られる。「超」のモチーフは表現論の面でも思想的な面でも強くなってくるのだ。

その一方でものすごく冷徹に現実を直視し飾ることなく記述するようなところがあり、たとえば一般には夢見るように語られがちな少女性についても

屋上で　ブランコする
梅雨空に地球の屋上でブランコする
魂の空家の少女ひとり
少女とは　不潔のこと
犯される下半身のために
サカリのついたフカの沼に漂流する
少女とは飢えた　快楽ガキ道への
初心の　あこがれのバラ
バラバラと　バラになりそこなって
散っていくツボミ
少女とは　屋上のブランコである
（「ヘラクレスの懐妊」より）

と書かれ、少女性の自己分析の容赦ない辛辣さにぎょっとさせられる。これと関連するかもしれないが、社会の底辺のならず者たちの生き方を共感をもって描き出すことも頻繁にあり、例えば、

ジャマイカの男はよい

裸はよい　4本の手足はよい
あの眼つきはよい
鋭くて女も男も盗賊みたいだ
人殺しをして
物を盗む眼だ
卑しくて冷たい　澄んだ眼だ
弱い者を拒否する
けがらわしさのない
気ぐらい高い　残忍な
哀しくさえない　ウツロな
甘く　鋭く　無意識の
欲望の　荒い
けものの眼だ

（「聖なる淫者の季節　第二章」より）

このような尖鋭な活写は素敵に勢いの
あるジャズ演奏になっている。この『詩
集成』の出版記念会が十月末に開かれた
が、そこで詩人ご本人に挨拶したとき、
少し話すことができて、自分はどの国に
行っても社会の底辺に溶け込むことを自
然にしてきたと強い調子で信条を語って
おられた。地に寝転ぶような「低さ」と、
天空を翔るような「高さ」を同時に感じ
取ることがこのクィーンポエットに出会
う要諦なのだろう。

## 藤井貞和詩集『美しい小弓を持って』

（思潮社）に収録されている「転轍─希
望の終電」は「洪水」19号に発表された
もので、そのときのタイトルは「希望の
終電─転轍」となっている（原稿をもらっ
たときサザンオールスターズの曲「希望
の轍」を踏まえているのかなとちょっと
思った）。本文テキストはおおむね同じ
だが、組み方に変更があるのと、随所に
挟み込まれていた「（転轍）」という合い
の手が削除されている。リズムに強調点
を打ち込むという効果でこの合いの手は
あった方がいいのではないかと感じる
が、神話と宗教と哲学と芸能と農業と文
明の荒廃と、人の世を形成する全方向の
要素が混淆して混沌とした絵を作る壮観
さは変わっていない。十一行目以降「き
のうのたびびとは埋けてあり、まーす
陸稲は舗装道路のうえに蒔いてくだ、
さーい」に至る部分など相当に恐い。
人といえば、詩集冒頭に置かれたタイト
ル作の最初に「美しい小弓を持って歌占
を、／解きながら旅行した者」という柳
田國男の言葉が出ている。これは詩人と
は何かを考えるヒントとして呈示されて
心なのだろう。

いるようにも思うが、この本に収められ
た詩篇の大多数が二〇一一年の東日本大
震災の影響下に書かれたもので、あのと
き以来我々は産土を離れた「不幸な旅人」
になってしまっているという認識もある
かもしれない。「よこしたこの世への返
メールに、／風のおとしかはいっていな
かったと、／あなたは知らない。」（「野
遊び」）の、風のみの消息は、同様の詩
想が「葉裏のキーボード」「となか─黙
示録」「この世への施肥」にも見られ、
霊の彷徨のあてどなさを表しているよう
に思える。

「ひとのきえさり」は作曲家の三輪眞
弘氏の曲のテキストとしてコンサート会
場で出会った思い出があり、懐かしい。
五篇収められている回文詩も山田兼士氏
のそれとはまたちがった色合いを帯びて
いて、こういう高度な遊びを含んだ詩で
も個性が出るのだと認識を改めた。

全体にわたり、なにか独特のゲーム的
なものを感じるのだが、どういうゲーム
かというと、詩人ぽく上手に詩を書くこ
とを不器用な素振りで避ける、という詩
法であるような気がする。この詩人の良

## 巻末遁辞

◇「みらいらん」創刊号にご参加、ご協力いただいた皆さま、ご支援の声を届けて下さった皆さまに、心よりの感謝を申し上げます。なんとか最初の一歩を踏み出せたことを喜びたいと思います。この誌名は、未来卵であり、未来への乱でもあり、またこれはRUNだろうという取り方もあり得ましょう。一号にして完璧、というわけにはいきません。これから号を追うごとに一層の充実を図っていきたい所存です。

◇「洪水」をなぜやめるのかという声が多く聞かれましたが、いくらか作品性をもった雑誌であれば作品の完結としての終刊があるわけで、自分としては十九・二十号をもって微力ながら音楽でいうところのカデンツまで持っていったという気持ちがあります。どれだけ良い形でそれが果たせているかはわかりませんが。

◇「みらいらん」は詩を中心に、諸芸術すなわち文学の他のサブジャンル、美術や音楽、映画や演劇などに視野を広げ、その創造の過程にひそむ重要なテーマを考えていく方針です。「手に宿る思想」というインタビューコーナーも設けましたが、隠れている大切な思想の織り糸を見つけて手繰り、未来を示唆するアイデアの卵を構想し育む、という仕事ができるなら嬉しいことです。

◇「みらいらん」はとりあえず半年に一冊の間隔で刊行する予定です。季刊にできればなお結構という思いはありますが、現実問題としては多難が予想されるのでなかなか実現は遠かろうと思います。とにかく半年に一冊の各号をできるだけ良質なものにしたいと期します。

# みらいらん　1号

2018年1月20日発行
定価　本体1000円＋税（定期購読：4冊分3600円）
編集・発行人　池田　康
発行　洪水企画
〒254-0914 神奈川県平塚市高村203-12-402
TEL&FAX 0463-79-8158
メール info@kozui.net ◉ ホームページ http://www.kozui.net/
郵便振替 00140-5-357169 洪水企画
表紙デザイン　巖谷純介
印刷　モリモト印刷　　Printed in Japan